LEARNING FROM THE WORLD
VOL.1

少年國際選讀

洞觀20件國際大事×3大全球發燒議題

總策畫・馮季眉
作者・少年國際事務所

你應該知道的國際大事

目次

04／文化篇

05／運動與生活篇

你需要關心的 全球發燒議題

全球局勢放大鏡

同場加映

出版序

世界，就是最好的學校

字畝文化社長、
少年國際事務所創辦人
馮季眉

臺灣長期受到中國全面打壓，被聯合國等國際組織排除在外，即使我們在民主化與經濟、科技等方面有傲人表現，卻有如國際社會的邊緣人。或許也正因為受到國際社會的忽視與孤立，於是漸漸習慣只關注島內事物，我們的「視界」，與「世界」距離很遠。

然而，近年國際格局發生翻轉性變化。歐美政要絡繹於途的出訪臺灣，歐盟、北約、G7峰會等重要國際組織，紛紛表達對臺灣處境的關切，臺灣得到前所未有的關注與支持。這個轉折是怎麼發生的呢？關鍵可從二〇一八年到二〇二〇年這三年之間所發生的三件事說起。

第一件事，二〇一八年中國國家主席習近平取消連任次數限制，以便他無限期掌權。第二件事，二〇一九年中國授意香港當局制訂《逃犯條例修訂草案》，容許將香港嫌犯引渡至中國受審；港人普遍不信任中國司法，引爆大規模「反送中」民主運動，慘遭暴力鎮壓。第三件事，二〇二〇年中國強硬實施《港區國安法》，限縮港人的言論自由與人權，違反了聯合國登記在案、具國際法律效力的《中英聯合聲明》所承諾的：「香港一九九七年回歸中國後，現行社會、經濟制度和生活方式五十年不變。」這三件事，正是讓西方民主國家對中國的美好想像幻滅、大夢初醒的關鍵。

同樣是在這三年期間，臺灣通過同婚法案，成為亞洲第一個同婚合法國家；COVID-19 防疫成績也令國際刮目相看，還提供防疫物資協助友邦；並且再次順利完成全民直選總統，深化民主；二〇二〇年起全球晶片短缺，臺灣台積電生產的高階晶片，更是全球不可或缺的戰略物資。終於，國際普遍意識到臺灣的特殊性與重要性，包括我們所實踐的民主價值、供應的晶片，以及我們在地緣政治上的關鍵位置。

現在，臺灣在國際舞臺的能見度之高前所未見。我們當然必須調整心態，不但要理解自身處境，也應加強與國際社會互動。然而臺灣少年公民對國內外時事卻普遍疏離無感，這便是「少年國際事務所」成立的原因，我們要為少年讀者解說時事與地緣政治、甚至民防與國防通識，方便他們掌握包括臺灣在內的世界脈動，豐富他們的眼界與識見。

閱讀世界，是最好的學習

「少年國際事務所」延攬臺灣最具兒少國際新聞專業與累積長期經驗的專家，投注極大心力與時間，從前後一年多上千件重要事件中篩選出二十件，涉獵的面向涵蓋科技、環境、政治、文化、運動與生活。專家們爬梳事件的歷史背景、後續發展與影響，將海量資訊加以提煉，每一事件寫成一篇新聞故事，每篇由四個單元組成。第一個單元「發生什麼事」，扼要介紹新聞事件始末。第二個單元「你應該知道」，進一步補充背景知識。第三個單元「漫畫來插嘴」，用輕鬆方式延展話題。第四個單元「觀察點」，由「少年國際事務所」專家指引可從哪些角度或面向去觀察、思考問題，帶出新聞思辨。

本書談論事件的方式，不限一時一地，盡量拉長時間的尺度（包含前因後果與後續效應或影響）、拉大空間的尺度（不孤立看待事件，而是以全球視角，涵蓋相關國家、相關地域），除了解說事件的來龍去脈，也關心後續影響與蝴蝶效應，因而不只是有新聞故事，還有層次更深的觀察與探討。各單元約八百字到一千字，篇幅精簡、敘事淺白。這樣選讀國際大事，輕鬆易懂，卻仍具有一定的深度與廣度，能夠有效縮短臺灣少年公民與世界的距離，讓世界成為我們最好的學校。

本書在結構上是以「事件」與「議題」兩個部分組成。Part I「你應該知道的國際大事」，包含二十篇國際重大事件；Part II「你需要關心的全球發燒議題」，包含三篇全球性議題。

全球發燒議題，臺灣都身在其中！

「事件」往往有其範圍，而「議題」牽涉更廣泛、影響層面更大、更深遠，涉及國際格局變化，本書談論的三大議題，正是全球最為關切的「發燒議題」，而且臺灣都置身其中。第一篇是「晶片戰爭──全球競逐最重要的戰略物資」，第二篇是「世界格局最新變化與重組」，第三篇是「潛艦國造，臺灣做到了」。透過專家深入淺出解說，把教科書來不及談、學校也缺乏即時教材來教的全球最新議題，帶到少年讀者眼前，或許也能對教師準備補充教材提供助力。

在編輯企畫上，本書提供了一些貼心設計：全書搭配上百張新聞圖片、圖表與多篇漫畫，讀來更具樂趣與話題延展性；每篇標題旁均標註主題所對應的 SDGs 項目。此外也邀請閱讀推手設計素養題，或許會考的課外時事題就在其中呢。最後，再附上「國際大事記補充包」，補充提供二十篇國際大事之外的近八十則重點訊息，盡量做到「世界大事一把抓」。

這是我們為臺灣少年公民準備的接引之書，接引少年公民走一趟打開眼界、關懷本土、接軌世界的閱讀旅程。祝大家旅途愉快、收穫滿滿！

化危機為轉機，德國
啟用天然氣接收站
德國
烏克蘭
烏克蘭學校毀於戰火，
3D 列印蓋新校
TikTok 與中國撇不清，
各國陸續禁用
安倍晉三政治遺產，
對印太安全貢獻大
日本
中國
伊朗
博物館釋放「囚徒」，
非洲文物回老家
024 巴黎奧運亮點：
削新・減碳・霹靂舞
全球民主指數，臺灣
獲得高分排名前 10
臺灣
印度
頭巾抗爭，掀開伊斯
蘭世界性別不平等
吐瓦魯——全球第一
個「元宇宙國家」
吐瓦魯
世界人口突破 80 億，
地球超載有危機？

看地圖知天下事

美國隊長領軍，
「阿提米絲」前進月球
聯合國推 30 x 30 生物
多樣性行動救地球
加拿大
英王登基，貨幣、
護照、郵票全面換新
美國太空總署
大谷翔平，MLB 百年
一遇「二刀流」
美國
洛杉磯
非裔主演《小美人魚》，
擁抱多元價值
達拉斯
科學家提出實證：
地球已進入「人類世」
奧蘭多
最孤獨的虎鯨去世，
鯨魚保護計畫啟動
反滅絕計畫有譜，
長毛象回歸倒數計時
亞馬遜雨林
巴西
墜機亞馬遜叢林，
四童撐 40 天奇蹟生還
搶救巴西雨林，別讓
地球之肺停止呼吸

Part 1 你應該知道的國際大事

LIVE TOGETHER
KOREAN
CHINESE PEOPLE
PARIS 2024
STOP
STOP KILLING PEOPLE
TIME
Person of the Year
Mahsa Amini
NO WAR
THE PHRYGES
THE PARIS 2024 MASCOTS

全球超過十億人使用 TikTok。（flickr／Solen Feyissa）

TikTok與中國撇不清，各國陸續禁用

WORLD

發生什麼事

短影音應用程式TikTok風靡全世界，光是在美國就有超過一．五億用戶，卻因為母公司的中國背景，極不受西方信任。美國聯邦調查局在二〇二二年底指出TikTok威脅國家安全，各州接著陸續頒布禁令，禁止政府機構的電腦使用TikTok，國會也表決通過禁止聯邦雇員在政府設備上使用TikTok。

TikTok強調他們雖然隸屬中國母公司，但獨立營運，並不受中國政府指揮。不過，這個說法並沒有說服美國國會，因為中國沒有所謂「不受政府指揮」這回事，民營企業也必須設有共產黨的黨組織、必須服從黨的要求、必須遵守中國政府的法令。因此，美國國會未來仍會進一步推動反TikTok的相關法案。

不僅美國，歐盟、英國、加拿大、澳洲等國，紛紛基於國家安全祭出相關禁令，禁止政府部門使用TikTok，以防政府機密遭到監控。不過，這些禁令目前僅限公領域，私人手機不受限制。例如比利時有少數政府官員難以割捨已經營一段時日的帳號，加上TikTok的確是接觸年輕選民的管道，所以另買一支TikTok專用手機，但是這支手機不處理任何與公務有關的事情。

其實，印度早在二〇二〇年就率先禁用了TikTok。由於印中邊境發生軍事衝突，印度政府便以國家安全為由，封殺了包含TikTok等五十多種中國應用程式，做為報復。這對字節跳動公司是個不小的打擊，因為印度擁有十四億人口，是字節跳動公司在中國本土以外最大的市場。

TikTok被懷疑是「裝在手機裡的間諜氣球」，可能會竊取用戶手機內的資料，進一步影響國家安全。目前臺灣也已禁止政府部門安裝TikTok，避免使用者的相關數據或資訊，被這類有資安疑慮的產品傳送，危害國家安全，但是公務員的私人行動載具（手機、平板），以及一般民眾使用，並不受限制。雖然也有全面封殺TikTok的呼聲，但是臺灣是民主社會，必須有社會共識，才能透過立法，限制民眾下載及使用。

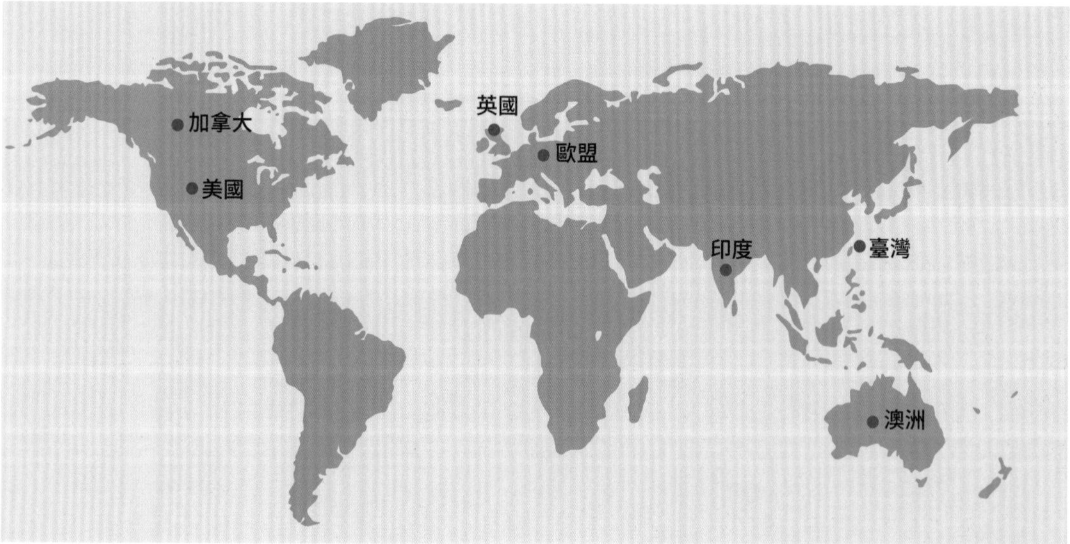

▲ 禁止政府部門使用 TikTok 的國家。

▶年輕人愛使用 TikTok。（Unsplash／Kajetan Sumila）

TikTok 小檔案

TikTok 和抖音都是中國網路科技公司「字節跳動」開發的產品，兩種軟體使用方式類似，都是開放使用者上傳分享影片，差別在於抖音僅限中國下載，TikTok 則是海外版，開放全世界下載，目前有超過一百五十個國家、十億用戶使用。臺灣用戶預估有四百萬到六百萬，主要是年輕族群。

你應該知道

靠強大演算法黏住眼球

TikTok 在短時間內累積十億以上用戶，廣受年輕人喜愛，強大的演算法是最大關鍵。它的演算法會透過使用者與影片的互動，來記錄、推算使用者的喜好。例如：它會從觀看時間長短來推估喜愛程度，如果只看一兩秒就滑走，就會減少推送類似影片；也會從按愛心或收藏的情形，來推算使用者喜歡的影片類型，繼續推播類似內容。由於每支影音都很短，所以它能在短時間內收集大量數據，假如使用者一分鐘內滑了十次，在平臺三十分鐘內就可以收集到三百次數據，很快可以針對使用者的喜好，建立客製化的推送，迎合使用者的需求，靠強大演算法黏住使用者的眼球。

YouTube 是以使用者追蹤的頻道與追蹤的

YouTuber 去推送；而 TikTok 演算法是以使用者的興趣去推送，難怪大受歡迎。

需提防幕後那隻手

TikTok 能提供使用者想看的內容，為什麼反而引起最多抵制呢？臉書、Instagram、X 等社群平臺，不是同樣有侵犯隱私和資訊安全的疑慮嗎？

各國政府對 TikTok 戒心最高，是因為 TikTok 母公司來自中國。中國是一切必須服從「黨意」的共產國家，即使是民間企業，政府仍有最終控制權，一旦政治力可以掌控社群平臺，那麼 TikTok 確實可能替中國政府推播一些虛假但對中國有利的內容，甚至可能成為中國政府竊取使用者訊息的入口。各國政府擔憂用戶數據可能遭中國政府使用，不是沒有道理。

美國聯邦調查局特別示警：北京政府可能會「操縱應用程式上的內容」，以影響公眾輿論或在國外製造社會動盪；也不止一次指出，TikTok 有可能將用戶資訊傳送給中方，造成美國資安問題，甚至動搖選舉結果。

看慣 TikTok，專注力變差？

兒童和青少年看慣了短影音，是不是會影響專注力呢？未必如此，但是專家表示，永遠滑不完的短影片，會促使大腦大量分泌多巴胺，結果就是用戶很難將注意力切換到慢節奏的活動。調查顯示，TikTok 是全球兒童和青少年花最多時間使用的社群媒體，兒童和青少年二〇二二年每天平均使用 TikTok 的時間是一〇七分鐘，比他們在 YouTube 觀看影片的時間（六十七分鐘）長，也超過 Netflix（四十八分鐘）、Disney+（四十分鐘）等其他影音平臺平均每日使用量。

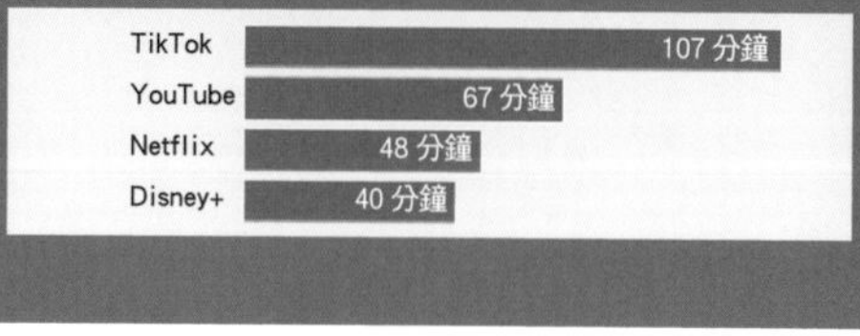

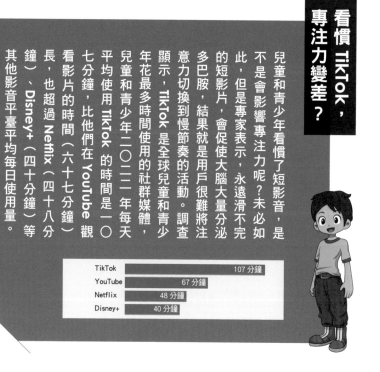

漫畫來插嘴
二〇二三年三月，英國政府宣布禁止在政府設備上使用TikTok。
歡迎加入我們的行列!!
英國
能源安全與淨零事務大臣
格蘭・夏普斯
Grant Shapps
我滿喜歡用TikTok的，
現在還有超過一萬個追蹤者呢！
喂！
如果資訊外流可就不好了，TikTok雖然說自己獨立於中國，但誰知道是不是呢？
英國內閣辦公室部長
奧立佛・陶敦
Oliver Dowden
你們是說公務上禁止使用，
那我就用私人手機繼續玩TikTok啦！
……
這個我們就管不著，你去玩吧。

觀察點

少年國際事務所報告

對兒童和青少年來說，觀看TikTok短影音，是人際互動的社交方式，也是自我認同的一個出口。然而花費過多時間看短影音，可能產生負面影響，加上又有資安疑慮，是不是乾脆禁用好了？這件事可以從兩個角度來看。

觀察點❶

容易被誤導怎麼辦？

來自社群媒體的誤導，包括誤導言行，以及誤導認知與價值觀。誤導言行的例子不勝枚舉，例如挑戰賽是聚集流量的常見玩法，打開TikTok頁面可以看到前面加上「#」的挑戰，這些示範影片，會隨著用戶不斷參與而形成跟風現象。日本高中生在迴轉壽司店用口水「汙染」茶杯、醬油瓶，拍攝影片上傳，參加TikTok的惡作劇挑戰，害得壽司店生意重挫、母公司股價大跌，市值蒸發一百六十億日圓，被日本人稱為「壽司恐攻」。

另有一些假消息、謠言或是經過改造「半真半假」的內容，會誤導認知與價值觀。推播這些不實內容，主要目的是激起臺灣社會內部對立，讓大家對於民主自由體制產生懷疑、失去信心，算是一種「認知作戰」。還有一些捏造的影視名人動態等等，目的是吸引流量、夾帶其他訊息。當然，TikTok也有正面的內容，例如墨西哥網紅塔茲，用TikTok宣傳即將失傳的馬雅語，吸引超過三十萬名粉絲。

未成年人模仿網路挑戰、盲信網路訊息，很容易出問題，該怎麼辦呢？

比強制禁用更好的方法，應該是培養和加強「公民抵抗力」，包括分辨好壞的能力，以及合理質疑與反思的能力。

當一個人能夠獨立思考，對接收到的訊息能夠過濾、查證、判斷，就不至於盲信與盲從了。

觀察點❷

可以直接禁用 TikTok 嗎？

既然 TikTok 有資安疑慮，又可能被中國做為發動「認知作戰」的工具，為什麼不直接下令全面禁用呢？

因為**凡是保障人民言論自由的民主國家，除非有非常明確的法律依據，否則不可以說封殺就封殺、禁止人民使用某個軟體，畢竟這會侵犯公民自由。這也是為什麼英國、美國、歐盟各國，目前都只是在公務設備及公領域禁止TikTok。**

印度政府一口氣下令封殺五十幾種中國應用程式，人民對此無可奈何，這是因為民主國家的成熟度仍有程度之分。在臺灣，除非立法禁用，否則必須維護公民自由。

換你想想看

- 短影音應用程式 TikTok 被各國政府機構禁止使用的主因是什麼？
- 短影音對兒童及青少年造成的影響有哪些？請說說自己的感想與觀察。

美國隊長領軍，「阿提米絲」前進月球

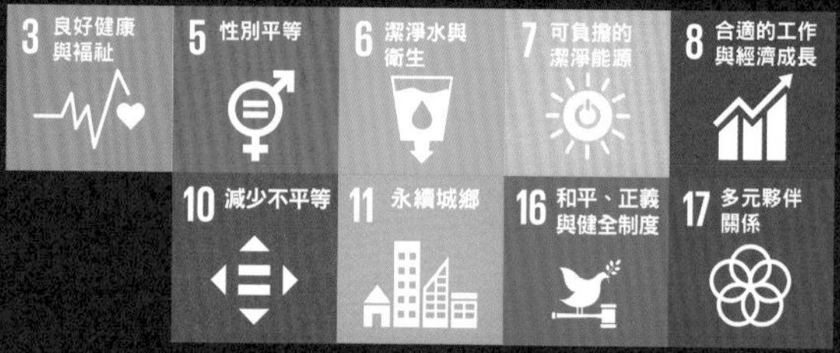

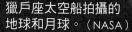

02

獵戶座太空船拍攝的
地球和月球。（NASA）

NASA

發生什麼事

一九六〇年代，美國國家航空暨太空總署（NASA）啟動劃時代的「阿波羅計畫」，人類首度登陸月球。不久前，NASA又啟動了一項最新的太空任務，叫做「阿提米絲計畫」（Artemis program）。

阿提米絲計畫共分三個階段。第一階段是讓阿提米絲一號飛到月球，進行無人飛行測試。阿提米絲一號由超大型火箭與獵戶座太空船組合而成，二〇二二年十一月十六日成功升空飛往月球，繞月飛行約二十五天又十小時五十三分鐘、兩百三十萬公里，進行了各種觀察與測試之後，成功完成任務，返回地球。

接著，由阿提米絲二號負責執行第二階段測試，於二〇二四年發射，載人飛行，但不登月。

經過兩階段測試之後，二〇二五年進入第三階段，由阿提米絲三號搭載四名太空人出任務，其中兩名太空人會從獵戶座太空船轉移到HLS登陸系統（見第二十四頁解說）登陸月球，停留大約七天（上一次「阿波羅十七號」太空人於一九七二年登陸月球，停留時間不滿三天）。任務完成後，太空人再利用HLS飛回月球軌道，與太空船會合，返回地球。

「阿提米絲」命名由來

阿提米絲（Artemis）是古希臘神話的月神和狩獵女神，與太陽神「阿波羅」（Apollo）是雙胞胎姊弟。NASA第一個探月計畫名稱是「阿波羅」，第二個探月計畫名稱當然就是「阿提米絲」囉。

高速高熱回到地球

太空船返航，必須以每小時四萬公里的速度，衝入地球大氣層，利用大氣層來減速。太空船表面會產生極高溫，隔熱罩必須承受攝氏二千八百度高溫，相當於太陽表面溫度的一半。太空艙從高層大氣彈起、回落、彈跳，這個過程能使太空船速度銳減，最後穿過濃厚的大氣層，張開降落傘減速，落入海中，由美國海軍軍艦拖回港口。

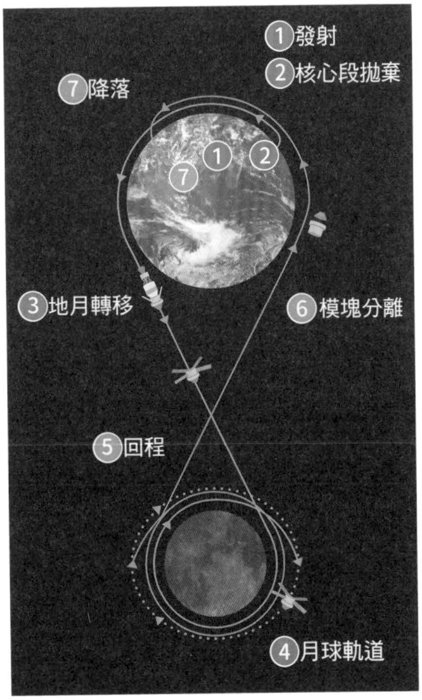

▲從地球到月球路線圖。

「阿提米絲計畫」不僅帶人類重返月球，還有更長遠的目標：那就是在月球尋找適合地點，建立研究基地，開採月球的天然資源，以及打造月球門戶（Gateway）。

「月球門戶」是什麼呢？它是位於月球軌道上的小型太空站，為國際太空任務提供服務，由NASA、加拿大太空總署（CSA）、歐洲太空總署（ESA）、日本宇宙航空研究開發機構（JAXA）及其他商業夥伴合作開發，做為聯繫地球的通訊站、科學實驗室、太空人的宿舍，以及登月艇、漫遊機器人存放區。

由此可知，「阿提米絲計畫」不只是人類重返月球的一大步，也是人類開拓宇宙疆域的一大步，為人類未來探測火星、探索宇宙鋪路。

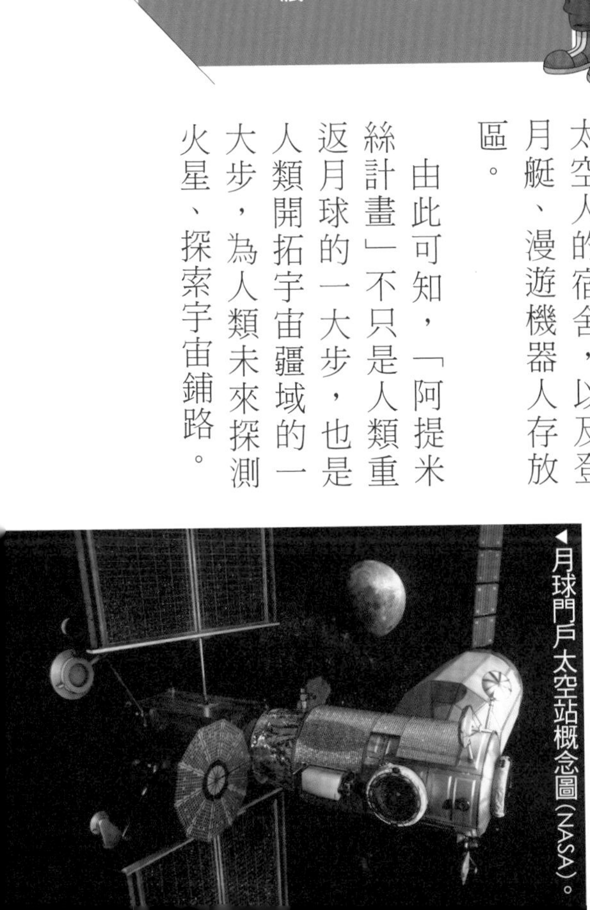
◀月球門戶太空站概念圖(NASA)。

你應該知道

飛向月球，靠這三大系統

阿提米絲計畫最重要的軟硬體三大系統，包括：火箭發射系統、獵戶座太空船、人類登陸系統。這三大系統是人類最新航太科技的耀眼展現。

◆火箭發射系統（SLS）Space Launch System

負責將獵戶座太空船送上太空，載重量兩千六百公噸，推力四百萬公斤（比阿波羅計畫的火箭推力提升 15%）。它是一次性的， 當獵戶座進入航線後即拋棄，後續任務就由獵戶座太空船接手了。

◆獵戶座太空船 Orion spacecraft

空間大小可供四名機組人員活動，以及存放可維持二十一天太空生活的消耗品。內建系統包括：獨立導航系統、通訊系統、發電系統、溫度控制系統。空間規畫分為：太空人生活空間、維生系統空間。

◆人類登陸系統（HLS）Human Landing Systems

這是接送太空人往返獵戶座太空船與月球的重要工具。具有通訊系統、 發電系統和溫度控制系統，以及太空人的生活空間和維生系統，可支援太空人在月球表面執行任務七天。

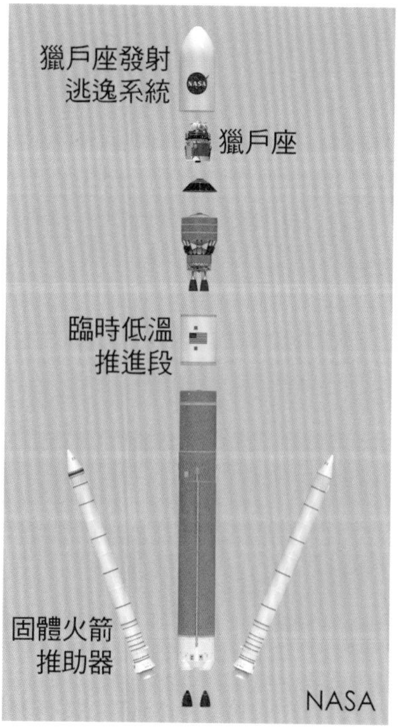

科學研究，靠這三大設備

「阿提米絲計畫」的科學研究計畫包括：了解太陽系與行星形成過程、月球形成歷史、月球表面物質研究，並建立永久性的科學實驗室，為人類未來前往火星做準備。太空人在月球上進行各種風險測試與評估，可以降低未來登陸火星的風險。至於人類在月球居住與從事科學實驗的基地，最可能的地點是月球的南極（偵測到有水冰存在的地區）。進行這些計畫，需要左表這三項可移動的探勘設備。

◆可居住的移動平臺 Habitable Mobility Platform

類似露營巴士的概念，太空人可以用它離開月球基地，進行遠距工作，最長兩週。車體由 NASA、日本 JAXA 和豐田汽車合作開發。

◆月球地形車 Lunar Terrain Vehicle

用來探勘周圍環境，功能類似阿波羅任務的月球車，運送太空人移動、採集樣本，具通訊功能。

◆ VIPER 漫遊車 Investigating Polar Exploration Rover

用來在月球南極探勘資源，繪製水冰的分布及濃度圖等等。

《外太空條約》（Outer Space Treaty）概要

《外太空條約》是國際空間法的基礎。1966 年 12 月 19 日在聯合國大會通過，1967 年 10 月 10 日生效，無限期有效。內容規定了從事航太活動所應遵守的十項基本原則，有「太空憲法」之稱。

1	**共同利益的原則：**探索及利用外太空，應為所有國家謀福利。	6	**國家責任原則：**各國應對其航太活動承擔國際責任。
2	**自由探索和利用原則：**各國應在平等基礎上，根據國際法自由進出天體一切區域。	7	**對空間物體的管轄權和控制權原則：**太空物體登記國，對其在外空的物體有管轄及控制權。
3	**不得據為己有原則：**不得提出主權要求，或以其他任何方式把外太空據為己有。	8	**外空物體登記原則：**各國同意將航太活動狀況、地點及結果通知聯合國祕書長。
4	**限制軍事化原則：**不在繞地球軌道及天體外，放置或部署核武器或任何其他毀滅性武器。	9	**保護空間環境原則：**應避免外空遭受汙染，也應防止地球環境遭受外來物質影響與破壞。
5	**援救太空人原則：**太空人發生緊急事故，各國應給予一切可能的援助，讓他們平安返國。	10	**國際合作原則：**各國從事太空活動應合作互助。

觀察點

少年國際事務所報告

人類進軍太空，從「阿波羅計畫」到「阿提米絲計畫」，除了科技突破外，還有其他方面的進展。

觀察點❶ 首度組成跨國「太空大聯盟」

「阿提米絲計畫」是史上最大規模的國際聯合太空行動。對比半個多世紀前美國「阿波羅計畫」單打獨鬥，「阿提米絲計畫」加入多個跨國夥伴，如歐洲太空總署、日本宇宙航空研究開發機構、加拿大太空總署，各有分工。代表人類開始跨國界、跨種族、跨文化合作，聯手擴大探索宇宙。

觀察點❷ 首次有非裔及女性太空人登月

「阿波羅計畫」登月太空人都是美國白人男性，因為早期太空人大多出身空軍，而當時美國空軍幾乎是白人男性的天下。而阿提米絲二號的成員已納入女性及非裔；這兩位太空人將於執行阿提米絲三號任務時，寫下第一位女性及第一位非裔太空人登陸月球的里程碑。代表人類不但致力於科技突破，同時也有更進步的平權觀念與做法。

觀察點❸ 「太空憲法」2.0版

「阿提米絲計畫」的國際合作基礎——「阿提米絲協議」（Artemis Accords），已有二十幾國加入簽署，包括美、法、義、英、加、韓、日等國，協議強調整個計畫出於和平目的，各國均以透明方式參與，統一相關裝備與規範，操作互通，互相援助，並向全人類分享成果，保護外太空各種資產，承擔處理太空垃圾的責任，共同維護安全、和平的宇宙秩序。也就是說，地球上需要國際秩序，外太空也是一樣，需要立下規則、畫下紅線，避免惡性競爭甚至戰火從地球燒到太空。

太空憲法2.0版

《阿提米絲協議》是有太空憲法地位的《外太空條約》（Outer Space Treaty）的延伸，強調月球與其他地球外天體，不在人類國家主權宣告範圍，限制各國在太空部署核子武器或大規模毀滅性武器，希望透過條約增進互信，避免衝突。

換你想想看

- 請試著從「阿提米絲計畫」的長遠目標，說說看未來人類的太空探索方向有哪些。
- 《外太空條約》制定的目的為何？請列舉三項原則，並簡要解釋。

吐瓦魯──全球第一個「元宇宙國家」

面臨沉沒威脅的太平洋小島國吐瓦魯，計畫透過 AR、VR 等技術，在元宇宙建立數位虛擬國家，保存它的文化、語言、國家主權。（翻攝自吐瓦魯外交部臉書）

03

WORLD

發生什麼事

吐瓦魯是西南太平洋的島國，位於澳洲和夏威夷之間的中途點，由九座小島組成，全國沒有山丘和河流，海拔最高的地方不超過海平面四公尺——只比一層樓高一點點，這也使得吐瓦魯成為全球暖化之下首當其衝的氣候難民。每到漲潮時候，首都的四成土地都被海水淹沒，到了本世紀末，可能全國都將沉入海中。

面對家園即將沉沒的可能，吐瓦魯在二〇二二年十一月下旬舉辦的「聯合國氣候變化綱要公約第二十七次締約方會議」（COP27）宣布，吐瓦魯計畫成為元宇宙（metaverse）第一個數位化國家，運用數位科技把吐瓦魯的地理、歷史、文化，以數位方式保存在虛擬世界。

吐瓦魯外交部長柯飛（Simon Kofe）指出，吐瓦魯的土地、海洋和文化都是最珍貴的資產，為了避免吐瓦魯在現實世界消失，因此決定將國家數位化，如果計畫成功，那麼即使未來吐瓦魯被淹沒，吐瓦魯人四處流散，元宇宙中的吐瓦魯仍會繼續存在。

柯飛早在二〇二一年第二十六次締約方會議上，就透過預錄的影片演說：「我們的土地、海洋、文化，是人民最寶貴的資產，為了保護這些資產不受傷害，我們要將這些資產轉移到雲端。」

經過一年時間，柯飛再次表達吐魯瓦確定會這麼做：「是時候為我們國家尋找出路了。我們將在數位空間創建一個數位國家，保護我們的文化、知識和歷史，即使有一天吐瓦魯完全被淹沒，也能讓國家功能繼續運作。」目前已有幾個國家表態，吐瓦魯一旦沉入水中，會繼續承認「元宇宙」中的吐瓦魯；但這對國際法來說是個新領域，還有很多問題需要克服。

名詞解釋 | 氣候難民

指那些因氣候變遷而被迫離開家園的人。氣候變遷導致各種災害，包括：海平面上升、家園遭到淹沒、長期乾旱、水資源缺乏或是嚴重洪災、野火等，使受災戶淪為氣候難民。

吐瓦魯小百科

- 首都：富那富提
- 人口：12,000 人
- 面積：26 平方公里（大約是臺北市的十分之一）

吐瓦魯面積很小，首都所在的富那富提島是最大島，騎腳踏車環島一圈只要 40 分鐘。吐瓦魯氣溫長年在 27℃到 33℃間，四季如夏。國旗左上角的英國國旗，代表吐瓦魯曾經被英國殖民，而九顆星星當然就是吐瓦魯九個島嶼和環礁。

▲吐瓦魯外交部長柯飛西裝筆挺的捲起褲管站在海中演講，呼籲世界各國重視氣候變遷。（翻攝自吐瓦魯外交部臉書）

什麼是元宇宙？

元宇宙是虛擬的數位世界，像是一個超大型且提供很多很多人參加的線上遊戲，人們可以透過AR（擴增實境）、VR（虛擬實境）裝置，在這個世界裡聊天、看電影、買東西，從事各式各樣現實生活中可以做的事，有如真實世界的平行時空！雖然元宇宙是一個還在創建的概念，但是透過影視作品，不難具體想像「元宇宙」的情形。

吐瓦魯鳥瞰圖（達志影像／alamy）

你應該知道

全球暖化重災區

除了吐瓦魯之外，世界上還有其他地方的人，也可能因為氣候變遷成為氣候難民。

例如南太平洋的島國斐濟，二〇一四年就因沿海社區可能被淹沒，而全村遷移到地勢較高的地方；還有全世界地勢最低的印度洋國家馬爾地夫，境內平均海拔不到一公尺，如果海平面在二一〇〇年上升四十五公分，那麼馬爾地夫整個國家將近八成土地都會消失。

不只是海島國家，中國、孟加拉、印度、埃及及等國地勢較低的沿海區，也逐漸被海水吞噬；而素有「低地國」之稱的荷蘭，過半人口生活在海平面以下的陸地。這些地方都會是全球暖化的重災區。

無法被數位化的人民怎麼辦？

有形、無形的資產能夠數位化、上傳雲端，但活生生的人民，卻需要可以安身立命的地方繼續生活，這也是吐瓦魯必須尋找出路的另一個大問題。與太平洋島國建立親密夥伴關係的國家，包括澳洲、紐西蘭，雖然一直都有提供吐瓦魯國民教育與工作機會，但是移民政策嚴格。不過，澳洲政府已著手規畫提供太平洋島國居民永久簽證，雖然有名額限制，但會優先考量吐瓦魯、吉里巴斯共和國等首當其衝的氣候難民。

▶二〇二三年十一月，吐瓦魯與澳洲簽署《澳吐好鄰聯盟協定》。（達志影像／歐新社）

▶吐瓦魯受到海面上升的影響，會有愈來愈多的人民成為氣候難民。（中央社）

氣候大會

一九九二年，聯合國通過《聯合國氣候變化綱要公約》（簡稱UNFCCC），並自一九九五年起每年舉辦「聯合國氣候變化綱要公約的締約方會議」（簡稱COP會議），各國領袖會齊聚一堂，討論氣候變遷議題，其中以《京都議定書》（一九九七年簽訂，二〇二〇年到期）及《巴黎氣候協定》（二〇一六年簽訂）最知名。《京都議定書》主要是管制各國排碳量，而《巴黎氣候協定》以工業時代一八五〇年至一九〇〇年這段時間的溫度為基準，希望能將全球暖化升溫幅度控制在攝氏二度以內，並努力達成僅上升攝氏一．五度的目標。

觀察點

少年國際事務所報告

觀察點❶ 國際法能否跟上「元宇宙」腳步

由於海平面不斷上升，吐瓦魯人民在真實世界的家，終有一天會被淹沒，但即使國土消失，他們仍希望有一個地方可以「保存」家園，最可行的方案就是在元宇宙建置數位虛擬國家。不過此舉沒有先例，所產生的新課題，會是未來吐瓦魯的風險與挑戰。

例如，吐瓦魯由一個實體國家「轉型」為數位虛擬國家後，它在真實世界裡的領海、領空、國家主權等等，是否仍然存在？吐瓦魯政府當然希望未來繼續獲得國際承認，並且能維持海上邊界及水域內的資源。目前包含委內瑞拉、萬那杜共和國、紐埃、聖克里斯多福及尼維斯、加蓬共和國、巴哈馬、帛琉共和國、聖露西亞等八國政府，同意未來繼續承認吐瓦魯的數位政府主權。然而這還需要透過國際法才能落實。國際法是不是能夠與時俱進，跟上「元宇宙」的腳步，也是國際上的新課題。

觀察點❷ 臺灣會不會被淹沒？

每年測量，會覺得全球海平面上升幅度很小，不需要緊張；但是要知道，從一八八〇年起，全球海平面已上升二十一公分，而且隨著全球暖化加劇，上升速度還會加快。科學家警告，預計二〇五〇年，海平面會再升高近三十公分！這表示未來三十年，海平面上升幅度比過去一百多年還大——不只是地勢低窪的沿海地區會被淹沒，海上生成風暴的摧毀力也會更向內陸推進，影響更多人的生活！

臺灣是四面環海的島國，有可能被海水淹沒嗎？千萬別以為海平面上升離我們很遙遠，在全球暖化的衝擊下，臺灣是不可能置身事外的。根據聯合國推估，二〇四〇年全球溫度可能會升高攝氏一．五度，而根據國科會的研究，當平均氣溫升高攝氏二度，臺灣的海平面將會升高〇．五公尺，如果平均氣溫升高攝氏四度，那麼海平面將會提升到一．二公尺，雖然不至於大面積被淹沒，但是西南沿海地勢較低的地區會淹水，臺南七股區可能消失不見。

觀察點❸ 元宇宙無法成為人類避難所

即使國家的景物和文化可以上傳到虛擬世界，「元宇宙」卻不可能成為人類的實體避難所。因此，每個人都試著過更環保、對環境更友善的生活，才是對抗暖化、減緩海平面上升的解方。

換你想想看

- 吐瓦魯計畫成為元宇宙第一個數位化國家的原因，以及它主要想保存下來的是什麼？
- 你認為在原宇宙中建立數位虛擬國家，能不能成為一個主權國家呢？可能涉及到哪些需要克服的問題？

反滅絕計畫有譜，長毛象回歸倒數計時

此為西班牙北部更新世晚期的想像圖，圖中有長毛象、毛犀牛及洞獅。
（© 2008 Public Library of Science）

發生什麼事

許多曾經生活在地球的動物，我們卻再也見不到，因為牠們已經滅絕，例如：恐龍、長毛象、爪哇虎、渡渡鳥、袋狼……。既然科技已經可以複製活體動物，那麼是不是有一天也可以讓已滅絕的動物又再活生生的出現呢？在科學家努力下，成功復育已滅絕的動物，似乎已經進入倒數計時了。有一個科學團隊「巨大生物科學公司」，正在進行復育長毛象（也稱猛瑪象）、袋狼、渡渡鳥這三種已滅絕動物的實驗。

巨大生物科學公司在二〇二三年初宣布最新的「反滅絕計畫」，表示他們擁有的創新科技，可以讓滅絕近四百年的渡渡鳥重現地球！這家公司由科技企業家藍姆（Ben Lamm）、哈佛醫學院遺傳學者丘奇（George Church）在二〇二一年共同創立，進行長毛象、袋狼的復育實驗，渡渡鳥則是計畫復育的第三個物種。藍姆表示，第一隻活生生的長毛象預計在二〇二八年誕生，而由於渡渡鳥和袋狼的胚胎發育時間較短，所以會比長毛象更早現身！

認識袋狼

袋狼是一種有袋類動物（如同袋鼠、袋熊、袋獾），曾經生活在澳洲東南部海島塔斯馬尼亞島，有張長得像狐狸的臉，身上有老虎般的條紋，被稱為「塔斯馬尼亞之虎」。隨著人類在十九世紀登島，袋狼的棲地減少，又被人類捕殺、感染外來的傳染病，數量銳減，約在一九三〇年代滅絕。

Wikimedia Commins

▲ 典藏於英國牛津大學自然史博物館的渡渡鳥骨骼及實體模型。（flickr ／ bazzadarambler）

渡渡鳥是一種原本居住在印度洋小島模里西斯的鳥類，體型比火雞大一些，胖胖的身體有著灰藍色羽毛，還有一對沒什麼用處的小翅膀。牠們一直與世無爭的住在小島上，直到來自歐洲的水手在十六世紀初登島……對人類來說，渡渡鳥身體笨重又不會飛，實在太好獵捕了，而跟著水手來到島上的老鼠也會偷渡渡鳥的蛋，種種因素使得渡渡鳥在十七世紀之後絕跡。

這個科學團隊復育物種方法，是從古生物遺骸取出遺傳物質，接著找出這種古生物在現代的「近親」，進行基因比對。例如渡渡鳥的現代近親是大型鳩鴿「綠蓑鴿」，透過基因比對，找出兩種生物基因的異同，然後利用基因編輯技術，編輯出與滅絕物種的原始DNA最接近的DNA。也就是說，雖然可以復育出這個物種，但是牠的基因已經經過混血、調整，所以實際上，復育出來的渡渡鳥不會與滅絕前的渡渡鳥完全一樣。

反滅絕計畫除了試圖復育已滅絕的動物，其實還有一個願景，就是運用科技協助動物保育。

以渡渡鳥的實驗為例，科學家在復育過程中，可以釐清不同品種鳥類的基因特性，進而找出更多保育牠們的方法。例如：科學家發現鳥類對某種疾病免疫的基因，就可以將這種基因傳遞給牠的近親，幫助更多鳥類建立疾病免疫機制。

動物滅絕的原因，大多與人類有關，包括破壞棲地、過度獵殺等等。因此巨大生物科學公司希望透過科技彌補人類犯的錯，讓已滅絕動物再生，重建生態系統、療癒地球、保護地球的未來。

你應該知道

如何復育一隻長毛象

長毛象是冰河時期就存在的古老動物，曾與早期人類共存。人類獵捕牠們為食，用牠們的長牙和骨頭製作工具。後來地球氣候劇烈變化，嚴重影響牠們的生存環境，加上被人類獵殺，在一萬年前開始滅絕。地球最後一批長毛象生活在西伯利亞地區，四千多年前完全滅絕。

近年，科學家試著從長毛象遺骸的長牙、骨骼、牙齒、毛髮中抽取DNA進行定序。但是動物死亡後DNA就開始破碎分解，要取得完整的DNA有實際困難。所以想要復育長毛象這個物種，必須靠牠的近親——亞洲象幫忙。亞洲象的基因組成有九九．六%與長毛象相同，巨大生物科學公司打算把長

▶長毛象骨架復原。（Flickr／Aaron Gustafson）

毛象的DNA定序，植入亞洲象的基因組，創造出「亞洲象＋長毛象混種」。遺傳學家丘奇認為，長毛象一旦復育成功，對地球生態保育有重大意義，因為長毛象遼闊的遷徙模式，將有助於維護北極區的環境健康。

可以復育恐龍嗎？

史前動物長毛象可以在地球重新現身，那麼是不是也可以讓恐龍重現呢？電影《侏羅紀公園》中，科學家透過樹脂化石中的蚊子，提取被蚊子叮咬的恐龍DNA，成功的以卵生複製恐龍。但那是電影情節，目前的科技還做不到。

靠長毛象對抗氣候變遷，可行嗎？

北極海冰面積在過去幾十年減少了將近四分之一。海冰是極地動物賴以生存的環境，且能折射陽光，阻止海水升溫，對於調節地球溫度非常重要。

理論上，長毛象大範圍的移動，可以減少冰層上的苔原、增加草原，防止永凍土融化，阻止大量溫室氣體釋放，有助於對抗氣候變遷。

不過，也有科學家表示質疑：「在實驗室裡製造是一回事，釋放回大自然卻是另一回事。在科學上，目前還無法了解這樣做會對環境產生什麼影響。」

復育VS.複製

在還沒有複製動物科技的年代，人們會讓跑得特別快的馬交配，讓牠們把優秀的基因能傳給下一代，生出跑得快的馬；有了新科技後，可以直接複製出一隻一模一樣優秀的動物！例如，在重視駱駝的阿拉伯國家杜拜，有熱門且獎金高昂的駱駝選美大賽，因此就有人複製駱駝選美皇后，希望能再次奪冠。複製活體動物的技術已相當完善，但是要復育死亡生物的困難度仍然很高，最大困難在於要「找到完好、未被破壞的細胞」。這也就是「反滅絕計畫」復育動物與複製動物的不同。複製動物之間的基因一模一樣，「反滅絕計畫」復育的長毛象、袋狼和渡渡鳥，則是加入了近親基因的產物。

漫畫來插嘴
一萬七千年前
舊石器時代
沙
沙
「大角鹿」曾經是世界上最大的鹿耶！
這是一萬七千年前畫的，當時的人類大概也是把牠們當作獵物吧。
人類好像也曾經想馴養「原牛」，但並沒有成功。
然後原牛就被人類獵捕光光了，真是可惜呀！
大角鹿是一萬年前滅絕的，原牛的存在離我們近多了，居然是十七世紀初滅絕的。
唉
真想看看牠們活生生的樣子……

觀察點

少年國際事務所報告

觀察點❶ 復育已滅絕動物的底線在哪裡？

讓已經滅絕的動物回到地球，的確是非常吸引人的計畫，但也有人心存疑慮，畢竟沒有人知道這些動物回到地球上之後會發生什麼事。而且地球現在的環境適合古生物生存嗎？光是存在年代距離現在最接近的袋狼，就引發科學家的爭論。反對的專家擔憂，即使有適合袋狼的環境，仍會衝擊現有的生態系，反而造成其他動物滅絕的風險。至於渡渡鳥，「復育出來的不會是一隻真正的渡渡鳥，而是一個新物種。」供牠繁衍生息的地點也是一大問題，如果不能給牠適合的環境，那麼這個科學計畫在道德上是有問題的。

此外，假如這三種動物都復育成功，接下來呢？若是有機會復育的絕種動物很多，那麼該透過怎樣的機制決定優先順序呢？科學家追求復育絕種動物的夢想，終點到底在哪裡？

這種種疑問，都是「反滅絕計畫」團隊必須面對與回應的問題。畢竟，科學實驗不能避開倫理問題。

避免生物滅絕，人類最該做的事

保護好自然環境，動物才能在棲息地安生。為了扭轉全球生物多樣性下降、動物滅絕的趨勢，聯合國最新《全球生物多樣性展望》報告，指出必須從五個方向著手。

- 保護至少三〇％的陸地和海洋，避免海洋生物多樣性萎縮。
- 減緩氣候危機，減少碳排放，將全球氣溫升幅限制在攝氏一．五度內。

觀察點❷

何不直接將資源用於生態保育？

「反滅絕計畫」是個投注了好幾億美元的大工程，與其讓滅絕動物重新現身、還要幫牠們在現今的生態系找到適合的生態環境，不如好好保育瀕危的動物、讓牠們免於滅絕，不是更省錢也更有效的做法嗎？

- 以永續發展模式生產糧食和貨品，目前全球僅十五%森林被完整保存，在人類龐大的糧食需求下，必須制止對環境造成負擔和破壞的農牧方法。
- 採取行動處理汙染、外來入侵物種和過度開發。
- 減少消費和浪費，人類每年宰殺牛、豬和雞的數量，是全球人口的十倍，未來三十年內，應將全球肉類消費量減半。

換你想想看

- 復育已滅絕動物是一項具有挑戰性的科學計畫。請說說看你所理解的「反滅絕計畫」的目標，以及使用的科技方法。
- 科學家試圖透過復育已滅絕的動物來改善生態系統，但這個計畫也引發了一些爭議和倫理考量。請統整一下復育已滅絕動物，可能面臨的倫理和生態問題，以及你自己對這些問題的看法。

聯合國推 30×30 生物多樣性行動救地球

WORLD

發生什麼事

你知道什麼是「生物多樣性」嗎？地球像是一個大家庭，所有成員（每一種生物）彼此依賴，形成共生的生態系統。環境中的生物種類愈多，這個系統就愈安全強大，愈能抵抗意外災害和各種突發狀況，就算有少數物種不幸消失，這個生態系也不至於崩潰。

隨著人類經濟與工業快速發展，滅絕的動植物數量快速增加，使得世界各國開始意識到生物多樣性非常重要。因此，聯合國環境與發展大會在一九九二年於巴西召開時，各國簽署了《生物多樣性公約》，合作維護生物多樣性、公平合理的分享資源。目前有一百九十六國成為締約國，定期舉行會議。

達志影像／shutterstock

近期最重要的一次大會，是二〇二二年十二月在加拿大舉行的第十五次大會，會中通過一項重要協議：目前地球上只有十七％的陸地和一〇％的海洋受到保護，想要保護生物多樣性，必須擴大保護範圍，因此各國承諾二〇三〇年將有三〇％的陸地和海洋被設為保護區，稱為「30 X 30」目標。由於許多生態豐富的地區位於開發中國家，所以締約國也決議籌措經費，在二〇二五年以前每年提供兩百億美元，並在二〇三〇年將補助提高到每年三百億美元，協助這些開發中國家加強生態保育。

這是史上最大規模的土地和海洋保育承諾，如果能夠落實，將大幅改善駝鹿、海龜、鸚鵡、犀牛、稀有蕨類、古老樹木、蝴蝶、鯊魚、海豚等數百萬物種的生存情況。

臺灣雖然不是《生物多樣性公約》締約國，但是也積極參加大會並且付諸行動，因為保護自然環境、保育生物多樣性，是所有地球公民的義務。目前臺灣受保護的陸域占四二．五％，已超過三〇％，但是受保護的海域只有約八％，比三〇％落後很多，可以努力的方向是加速制定《海洋保育法》，以及調查可能劃設的海洋保護區。雖然劃設保護區是國際認可的做法，但是計算「保護面積」其實並非重點，更重要的是落實對保護區的管理以及棲地生態系的保育。

臺灣擁有豐富的生物多樣性

臺灣面積雖小，卻是個生物多樣性十分豐富的寶島。橫跨亞熱帶與熱帶，地勢起伏，高低差達四千公尺，孕育出各式各樣的生態系：河口、海洋、沼澤、湖泊、溪流、森林（包括高山寒原、高山箭竹草原、針葉林、闊葉林、熱帶季風林）、農田等等生態系。各種生態系所孕育的生物不盡相同，估計多達十五萬種以上，其中近三〇％是特有種或亞種。此外，臺灣四面環海，海洋生物種類多達全球海洋生物物種的一〇％。

你應該知道

想知道現在地球上的物種過得好不好，可以看看每兩年發布一次的《地球生命力報告》。環保團體世界自然基金會和倫敦動物學會，用類似股票指數的方式，呈現「地球生命力指數」，讓我們從數據看出野生動物數量的變化。

地球生命力指數

根據二〇二二年十月發布的報告，過去五十年，野生動物數量下降將近七〇%，主因是人類對於大自然的開發和汙染，使野生動物的棲地大幅減少，而人類有意或無意引進的「入侵物種」，也嚴重威脅原本住在那裡的生物。例如亞馬遜流域的粉紅河豚，因為棲地遭到破壞以及人類獵捕，近年數量急速下降。

生物數量下降也與氣候變遷有關。例如澳洲在極端氣候影響下，熱浪、乾旱發生次數

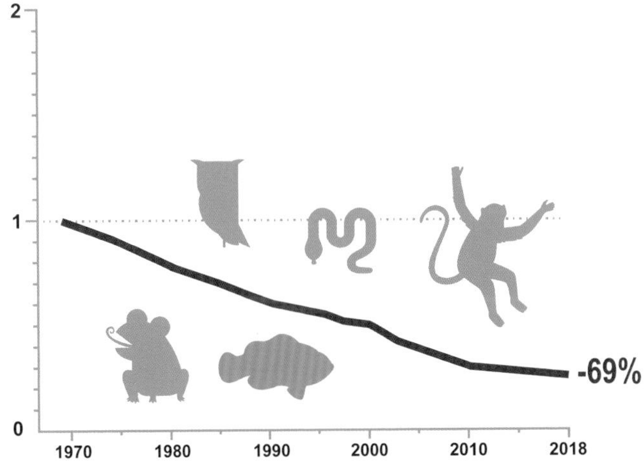

▲2022年發布的地球生命力指數，顯示野生動物數量下降69%。

名詞解釋 | 生物多樣性 Biodiversity

「生物多樣性」（Biodiversity），是由「生物的多樣性」（Biological diversity）簡化而來。最早是指對地球上所有植物、動物、微生物等物種種類的清查。後來擴及所有生態系中的生命型式。廣義上也指人類與所有生物在地球的自然系統中共榮共存。

與強度都上升，造成樹木、鳥類、蝙蝠、魚類的生存危機，某一次熱浪竟然造成超過四萬五千隻狐蝠死亡。

瀕危物種紅皮書

想要知道全球物種目前的保育狀況，可以查閱「紅皮書」。紅皮書是「瀕危物種紅色名錄」的簡稱，這是國際自然保育聯盟自一九六三年起編製的名單，將物種保育狀況分成九個級別，例如因全球暖化逐漸失去家園的北極熊屬於「易危」物種，而每年飛來臺灣過冬的黑面琵鷺屬於「瀕危」物種。

物種保護等級	
滅絕	絕滅 EX, Extinct
	野外絕滅 EW, Extinct in the Wild
受威脅	極危 CR, Critically Endangered
	瀕危 EN, Endangered
	易危 VU, Vulnerable
低危	近危 NT, Near Threatened
	無危 LC, Least Concern
其他	數據缺乏 DD, Data Deficient
	未評估 NE, Not Evaluated

▲世界共有七種海龜，都已被列為瀕危的海洋生物，受到保護。（達志影像／shutterstock）

漫畫來插嘴
北非白犀牛
居住於非洲東部和中部。
犀牛角的價格很高！
多割幾個拿去賣個好價錢！
一九七〇年代開始，無數北非白犀牛被盜獵者獵殺，二〇〇八年，北非白犀牛被宣告「野外滅絕」。
二〇一八年，全世界最後一隻雄性北非白犀牛「蘇丹」去世了，也宣告這個物種的滅絕。

觀察點

少年國際事務所報告

觀察點❶ 沒締約也有責任嗎？

地球生態系受到破壞，沒人能置身事外，所以即使沒有締約的國家和地區，也應該關心並且參與「30 X 30」行動。我們吃的糧食，用的藥物、建材、化學原料，穿的衣物織品……，原料大多來自各種物種的供給。生物多樣性形成生態系，提供了我們有利的生活環境與所需要的各種資源，我們完全倚賴生物多樣性而生存。想想看，要是大量物種不斷加速滅絕，世界會變成什麼樣子？生活會變成什麼樣子？我們願意生活在那樣的環境嗎？

觀察點❷ 物種消失的影響

根據國際保育協會估計，目前每二十分鐘就有一個物種消失，這是以歷史平均值一千倍的速度發生。想像一下，如果其他自然現象暴增為平常的一千倍，會造成怎樣的影響？降雨量暴增為平常的一千倍，我們會被淹沒。降雪量暴增為平常的一千倍，我們將永遠被覆蓋在冰雪下。我們會失去許多寶貴的天然藥材、工業原料。我們當然可以尋找其他替代品，但是自然萬物的美麗與豐饒，不是科技可以創造、取代的。

觀察點❸

極需保育的臺灣瀕危物種

綠色和平組織做過調查，臺灣海洋動物共有一萬一千七百多種，但是真正受法規保護的極少，現行法令僅針對八十八種海洋動物禁止捕撈採集。

目前臺灣有四種瀕危海洋動物極需保護。第一種是被國際自然保育聯盟列為瀕危（EN）的「鯨鯊」，因過度捕撈數量遽減，已列為禁補魚種，但數量尚未恢復。第二種是全球數量僅剩不到五十隻的「黑嘴端鳳頭燕鷗」，屬於極危（CR）等級，曾被認為已經絕種，直到二〇〇〇年在馬祖再度現身，被稱為「神話之鳥」。第三種是「龍王鯛」，全臺數量不到三十尾，列名在紅皮書的瀕危（EN）等級，即使已被列為保育動物，仍無法阻止盜獵。第四種是「白海豚」，族群數量剩下不到五十隻，被列為極危（CR）等級。

除了海洋生物，當然還有許多其他瀕危的動植物，同樣需要關心。我們應該多去了解：臺灣還有哪些瀕危物種？這些瀕危物種需要怎樣的保護以及如何才能復育？

換你想想看

- 請你說說看什麼是「生物多樣性」，以及它為什麼很重要？
- 臺灣雖然不是《生物多樣性公約》的締約國，我們可以透過哪些行動促成「30 X 30」目標達成？

搶救巴西雨林，別讓地球之肺停止呼吸

亞馬遜河與雨林。（達志影像／ shutterstock）

發生什麼事

亞馬遜雨林是全球最大、物種最多的熱帶雨林，被稱為「地球之肺」，占地約五百萬平方公里，橫越八個拉丁美洲國家：巴西、哥倫比亞、秘魯、委內瑞拉、厄瓜多、玻利維亞、圭亞那及蘇利南，其中巴西占六〇%的森林面積。但是在巴西前總統波索納洛執政期間（二〇一九～二〇二二年），亞馬遜雨林被嚴重破壞。

誰來保護雨林

新冠肺炎疫情期間，全球經濟活動放緩，多數國家的碳排放都降低了，巴西卻因大片雨林被砍伐夷平成為牧場、礦場、農地，又頻頻發生火災，碳足跡不減反增，平均大約每分鐘砍掉兩個足球場那麼大面積的雨林！亞馬遜雨林「受重傷」，再這樣下去，地球自然生態的自我修復力會被嚴重破壞，全球暖化也會加速，後果將由全世界承擔。因此，由誰擔任巴西總統，以及巴西保護雨林的政策有哪些，就很重要。

雨林八國峰會，「零砍伐」無共識

現任總統魯拉，在二〇二二年競選時的重要政策，就是「二〇三〇年達到森林零砍伐」，使他獲得人民支持，順利當選。

二〇二三年八月，魯拉在巴西的城市貝倫召開了一場很重要的會議——亞馬遜雨林峰會，亞馬遜區域擁有領土的八個會員國都參加了，一起討論保護雨林的政策。會後，各國發表一份聯合聲明《貝倫宣言》，承諾要一起保護森林、保護和重視生物多樣性、加強生態轉型、保護雨林區原住民的權利、促進雨林永續發展等等。此外，還宣布將設立科學機構，每年舉行一次會議，針對亞馬遜雨林相關科學議題發表權威報告。

峰會的舉辦對保護亞馬遜雨林相當重要，也是阻止生物多樣性走向消亡的重要行動，可惜雖然有共同宣言，卻沒有提出具體的時程表，對於最重要的「森林零砍伐」目標也沒有達成共識。

雨林危機、氣候變遷能否扭轉，目前仍是未知數，世界各國都會繼續關注。畢竟，雨林治理攸關地球永續，不單是巴西等國的事，也是全體人類的事。

關於亞馬遜雨林

亞馬遜雨林面積遼闊，約占地球森林面積五分之一，這是陸地生物多樣性最高的生態系，包括四萬種植物、三千種淡水魚類、三百多種爬行動物和兩百五十萬種昆蟲，也是數百個原住民族的家園。雨林可以吸收大量二氧化碳，減緩溫室效應，發揮調節氣候的作用。如果你無法想像這片雨林到底有多大，可以做個具體換算：臺灣面積約三．六萬平方公里，亞馬遜雨林面積大約是一百五十三個臺灣。可惜目前近五分之一雨林被破壞，餘下部分也有危機，對世界生物多樣性來說是一場災難。依雨林破壞速度，我們很快將失去近半數的世界物種。

Wikimedia Commons／CactiStaccingCrane

剛果盆地——地球第二個肺

世界第二大雨林在剛果盆地，橫跨喀麥隆、中非共和國等六個國家，大半面積在剛果民主共和國。剛果是全世界最貧窮的國家之一，它在二〇二二年七月底拍賣剛果盆地的三十個區塊，做為石油公司的投資開發標的，引發全球環保人士抗議。但是剛果官員表示：「我們國家的目標是減少貧窮，而不是拯救地球！」

你應該知道

小學沒畢業的總統——魯拉

巴西是南美最大國家、世界第五大國，擁有廣大的雨林，以及豐富的礦藏和充沛的勞動力。現任總統魯拉，一九四五年生於巴西東北部的貧窮農家，小學沒畢業就去工作，成年後在工廠做工。他積極參與工會，一九八〇年創立巴西勞工黨，投入政壇，二〇〇二年成為巴西歷史上首位工人總統，執政兩個任期至二〇一〇年。當時魯拉大力推動制度改革，使得巴西前景看好，與俄羅斯、印度、中國、南非合稱「金磚五國」，他也成為巴西最受歡迎的政治人物。

沒想到魯拉卸任後被控貪腐，入獄服刑。繼任者是氣候變遷懷疑論者波索納洛，多次頒布對森林農業及採礦業有利的法律，以生態系統為代價，使得雨林受到重創。後來最高法院廢止魯拉的有罪判決，於是魯拉捲土重來參選總統，二〇二二年底再度當選。

保護雨林需要大筆資金

拯救雨林需要投入大筆資金，亞馬遜雨林峰會的八個國家，對較富裕的已開發國家喊話，要求他們履行承諾，每年提供金錢援助，以及每年為開發中國家提供一千億美元的氣候融資。

魯拉表示，「這並不是巴西需要錢，不是哥倫比亞或委內瑞拉需要錢，而是大自然需要錢，需要資助。因為過去兩百年來的工業發展摧毀了大自然。」拯救雨林的計畫是不是能順利推展，也要看已經承諾提供資金援助的先進國家，開出的「支票」是否能夠兌現。

創新立法，河流擁有人格權

二〇二三年六月，巴西西北部的朗多尼亞州，回應當地原住民的訴求，通過新法案，將境內一條對原住民非常重要的河流，指定為具有生命的法律實體（living entity），授予原住民保留地的河流「人格地位」與相

▶倡議保護雨林的巴西總統魯拉（圖中央穿白襯衫者）到訪原住民部落。（Agência Brasil／Antônio Cruz/ABr）

蝴蝶效應？青藏高原升溫

地球各地的環境變遷並非獨立事件，而是具有氣候「遙相關」特性，有如「蝴蝶效應」。根據中國學者在《自然氣候變化》（Nature Climate Change）發表的一項研究，以亞馬遜雨林為起點，分析過去四十年（亞馬遜雨林大量砍伐發生的時間）全球氣候資料節點之間的變化和相互影響，辨認出一條橫跨一萬五千多公里的氣候傳播路徑，從南美洲的亞馬遜雨林，經過非洲南部再到北非與西亞，最後到達青藏高原。

研究發現，當亞馬遜變暖時，西藏也會變暖。這表示如果亞馬遜達到臨界點，可能導致西藏的溫度和降雨量受到永久影響，甚至也達到臨界點。

「氣候臨界點」指的是全球或區域氣候，從一種穩定狀態到另外一種穩定狀態的關鍵門檻。一旦臨界點被突破，將導致地球氣候系統狀態不可逆轉的改變。

應的權利，讓這條河跟人一樣，擁有法律權利，有權維持自然流動，藉此保護流域內的森林，遏止土地侵占與雨林濫伐。

這條河叫做拉日河（Laje），它對世居這裡的原住民非常重要，女人用河水洗衣服、男人划獨木舟去捕魚打獵，兒童在河中戲水。為了讓河域不被侵占、破壞，這裡的原住民決定採取行動、訴諸法律，捍衛這條河以及自己的生活方式。他們透過原住民議員，提出一項創新法案，將這條河及支流，指定為具有生命的法律實體，且享有相應的權利，已經獲得立法通過。

讓自然界的一條河獲得法律承認，具有「人格地位」，這是保護自然的嶄新立法形式！在此之前，紐西蘭、智利等國也曾通過類似的法規保護自然資源。提案的原住民議員表示：「我們要為老人和未來的世代保護這條河，但我們不能用箭矢戰鬥，必須用法律。對我們而言，河川是有生命的。」

▶巴西原住民多半住雨林區域，近年他們賴以為生的雨林，遭到濫砍濫伐，居住地和獵場面積不斷萎縮，逼得他們不得不站出來抗議。（Wikimedia Commins／Gert-Peter BRUCH）

漫畫來插嘴

亞馬遜雨林的生物相超級豐富，成千上萬的物種生活在其中，包括世界上其他地方找不到的動物。
美洲豹
金太陽鸚鵡
金背松鼠猴
亞馬遜河龜
雨林遭到砍伐
動物失去了家園
保護雨林!!!
巴西總統 魯拉
Luiz Inácio Lula da Silva
愛地球!!!
喔喔喔喔
可是，我們的農地的土壤退化了，
砍掉雨林，我們才能種出更多作物。

觀察點

少年國際事務所報告

觀察點❶ 魯拉上臺等於雨林有救？

巴西總統魯拉誓言保護雨林。問題是，魯拉上臺並不代表亞馬遜雨林就有救了。雨林周遭的農地沒有完全登記，雖然法規要求農民要保護一定比例的原有植物，但是沒登記就沒辦法監管。當然還有其他變數，包括未來持相反立場的政府也可能重新執政。

觀察點❷ 二〇三〇年森林零砍伐，做得到嗎？

巴西是世界第五大溫室氣體排放國，一半的碳排放量都來自於森林砍伐。魯拉上任後推出一系列雨林治理措施，包括成立專責機構、重啟「亞馬遜基金」，遏止森林砍伐，推動原住民領地規畫與生物經濟。根據官方數據，二〇二三年上半年，也就是魯拉就任總統後的頭六個月，巴西亞馬遜雨林砍伐與去年同期相比減少了三三．六％。雖然已經看到具體改善，而且魯拉也已經簽署了「二〇三〇年森林零砍伐」的重要環保文件，但是他的任期只到二〇二七年就結束，二〇二七年之後能否繼續推動，「二〇三〇年森林零砍伐」是不是能夠實現，還得看他是否能夠連任成功。

▲亞馬遜雨林動物——藍色毒箭蛙。（WikimediaCommons／Michael Gäbler）

觀察點❸

經濟與環保拔河，誰能勝出？

到底是保護大自然重要，還是改善國家經濟與人民生活重要？很多事情無法以好壞二分法來判定，開發雨林議題也是一樣，沒有標準答案。保護自然固然重要，但是改善國家經濟、改善人民生活也很重要，如果民意不支持，總統也沒辦法推動環保政策。人類必須運用智慧、透過科技，在永續與經濟發展之間尋求平衡，一方面限縮砍伐雨林，一方面促進經濟。例如雨林內的多樣性生物，是人類最佳醫藥來源，發展可永續的醫藥產業，就是兼顧經濟與環保的可行的辦法之一。

▲亞馬遜雨林動物──美洲豹。（U.S. Fish and Wildlife Service Digital Library System）

換你想想看

- 雖然亞馬遜雨林距離我們遙遠，卻是全球關注的焦點，這是為什麼呢？
- 請說說看亞馬遜雨林對氣候的影響，以及拯救雨林所面臨的困難有哪些？

最孤獨的虎鯨去世，鯨魚保護計畫啟動

WORLD 發生什麼事

二〇二三年三月，一隻名叫基斯卡的虎鯨，在加拿大的一個海洋公園過世，死因是細菌感染，死時四十七歲。

基斯卡是在一九七九年於冰島附近的水域被人類捕獲，之後四十多年的時間裡，牠都被圈養在狹小的空間，接受訓練做一些表演來娛樂觀眾，還要繁殖下一代。基斯卡生養過五隻小虎鯨，但都不幸夭折了。與牠一起被圈養的同伴伊凱卡在二〇一一年被轉賣後，基斯卡在沒有同類作伴的情形下，孤獨生活了十二年。去世前，基斯卡是北美洲唯一一隻被單獨圈養的虎鯨，牠沒有家人、沒有同類相伴，被稱為「世界上最孤獨的虎鯨」。

虎鯨的家在大海，而不是海洋世界的水箱。
（達志影像／shutterstock）

隨著動物保護意識抬頭，加拿大聯邦眾議院在二〇一九年通過《S-203法案》，禁止圈養鯨魚、海豚等海洋哺乳類動物，唯有以科學研究為目的的海洋動物救傷行為不受此限。但由於法案不能溯及過往，所以基斯卡繼續被養在海洋公園。隨著基斯卡去世，加拿大圈養虎鯨走入歷史，但海洋公園裡仍有被圈養的小白鯨和海豚，顯示加拿大要成為一個尊重海洋生物的國家，還有一小段路要走。

近年環保意識抬頭，人類重新學習尊重海洋生態，從恣意捕捉鯨豚、不人道的圈養，到立法設海洋保護區、禁止捕捉鯨豚，這是人類學習與其他物種共存共榮的一個進程。有個相當有趣的案例，就是影視作品也能對鯨豚保育做出貢獻。有一部很受歡迎的韓劇《非常律師禹英禑》，劇中的新手律師禹英禑，從小患有自閉症類群障礙，她熱愛鯨魚與海豚，對鯨豚的各種知識如數家珍，動不動就滔滔不絕的分享有關鯨豚的種種。隨著此劇熱映，掀起韓國民眾對於圈養鯨魚及賞鯨的討論，間接影響韓國政府關注鯨豚保育議題、制定政策，將水族館飼養的海豚放回大海，讓圈養鯨豚走入歷史。「禹英禑律師」成功讓鯨魚、海豚回家啦！

長期將捕獵鯨魚視為傳統文化的國家——冰島，最近也退出捕鯨行列了。根據民調，超過五〇%的冰島人主張停止捕鯨事業，因此冰島糧食暨農漁業部，在二〇二三年六月宣布暫停捕鯨活動到八月底為止；由於冰島捕鯨期只到九月中旬，加上全國唯一一家捕鯨公司的證照在二〇二三年底到期，顯示冰島未來將完全退出捕鯨國家行列。目前國際上僅剩日本和挪威仍從事捕鯨活動。

虎鯨提利康的故事

野生的虎鯨幾乎不會傷害人類，但長期遭圈養的虎鯨，會在壓力和痛苦之下產生攻擊行為，最著名的例子就是提利康。牠小時候在冰島水域被人類捕獲，輾轉賣到不同的海洋公園，長期圈養和高強度的表演訓練，使牠在身心壓力下變得暴躁。二〇一〇年提利康在美國佛羅里達州奧蘭多海洋世界的一場餵食秀中，將訓練員拖入水中，造成她重傷溺斃。這起事故在二〇一三年拍攝成紀錄片《黑鯨》，讓世人更關注圈養虎鯨的議題。奧蘭多海洋世界在二〇一六年宣布終止虎鯨表演，提利康也在二〇一七年去世。

flickr ／ Milan Boers

你應該知道

虎鯨是非常聰明的動物，也因此從一九六〇、七〇年代起被大量捕捉，販售給世界各國的海洋公園、水族館，訓練牠們表演節目吸引遊客。目前全世界約有五十四隻虎鯨被人類圈養，其中十八隻在美國海洋世界娛樂集團，使得美國成為圈養虎鯨最多的國家。

被圈養的虎鯨活得很痛苦

根據國際鯨豚保育協會統計，自一九六〇年代起，全球將近一百七十隻虎鯨被人類捕捉、圈養。這些失去自由的虎鯨被強迫生育，後代也由人類買賣，終生無法返回大海，美國、法國、西班牙現存的虎鯨都是由圈養的虎鯨所生。近年來，各國已減少捕捉虎鯨。

事實證明虎鯨一點也不適合被圈養。虎鯨生來就有長途游泳和深潛的本能，圈養的水池再大也不比大海；長期無聊和壓力，會導致虎鯨出現異常行為，例如在池中反覆繞圈或衝撞水池自殘。

鯨豚需要一個「中途之家」

野生虎鯨往往幾十隻形成「小群」，鮮少有單獨生活的虎鯨。但是就算有多隻虎鯨被圈養在一起，並不代表牠們就會比較快樂，有時牠們好不容易與同類建立關係，又被轉賣到其他地方；而且，有社交行為就會有衝突發生，狹小的圈養環境不利於迴避衝突，也造成虎鯨的生存壓力。

經過長期圈養，鯨豚會失去自己生存的能力，如果直接野放回大海，很容易死亡。因此美國非政府組織「鯨魚保護計畫」，在加拿大東部海灣設立了北美首座鯨豚安養中心，用網子將海灣開口圍起來，也提供鯨豚醫療服務，讓鯨豚在海洋公園與大海之間，有一個「中途之家」，未來希望在世界各地都能設立。這個北美首座鯨豚安養中心，在二〇二四年春天迎來第一批住客。

臺灣海生館的小白鯨

臺灣屏東海生館最受歡迎的明星動物就是小白鯨。這些小白鯨是海生館自二〇〇二年起陸續從俄羅斯引進，共十隻，牠們有的在運輸過程受到驚嚇而死，或是在圈養環境適應不良、厭食、病死，目前只剩下三隻「末代小白鯨」。館方已於二〇一八年宣布未來不再進口或繁衍小白鯨，現有的三頭小白鯨去世之後，將以科技方式展示，未來也不會再引進任何大型海洋哺乳類動物來展示。

▶（上）人類捕捉虎鯨，訓練牠表演來娛樂人類，違反自然法則，也不符合動物保育觀念。海洋世界已停止虎鯨餵食秀。（Pexels／Oleksandr P）（下）紀錄片《黑鯨》劇照，記錄虎鯨提利康在海洋世界攻擊人的事件始末。

觀察點

少年國際事務所報告

遨遊海中的虎鯨、海豚、小白鯨，人類無法接近、近距離觀賞，因而對於各大水上主題樂園及海生館中的鯨豚趨之若鶩。根據動保團體推估，目前全世界有兩千到三千隻鯨豚處於被圈養狀態。

觀察點❶ 有人想看，就會有動物被捉來表演

雖然鯨豚的權益愈來愈受重視，但是多數國家都欠缺相關的保護法令，包括先進的歐洲國家以及美國大部分的州，並沒有法律禁止鯨豚圈養。就因為人們想看，所以經營海生館、海洋公園的人才會引進鯨豚；如果大家都能意識到這些大型哺乳動物被圈養的痛苦，拒看鯨豚表演，才能真正終結牠們的悲慘遭遇。

▲美國喬治亞水族館內的白鯨。（Wikimedia Commons／Diliff）

觀察點❷

不再捕鯨就能保育鯨豚嗎？

多數國家不再捕鯨並且紛紛展開保育行動，可是人類對於海洋的探索與利用卻是不減反增，包括漁業、航運、海底纜線工程、軍事活動、能源探勘等等，都會影響海洋環境與鯨豚生態。

鯨豚活動的區域，可能也是人類的漁場；鯨豚遷徙的廊道，可能與繁忙的海運航線重疊；這些都會對鯨豚造成危害。不再捕鯨，雖然可以減緩鯨豚數量變少，但是未必能使大海中的鯨豚數量增加，因為人類的海洋活動比以前更頻繁。所以鯨豚保育還需要以「核心區」、「緩衝區」及「永續利用區」這三種區域來設保護區，進行分區管理，讓鯨豚有更好的家園，才能夠生生不息。

換你想想看

- 虎鯨提利康的故事引起了人們對虎鯨圈養的關注。捕捉、圈養鯨豚這些大型海洋動物，來滿足人類觀賞需求，你的看法是什麼？
- 除了禁止捕獵鯨豚，提供被圈養的鯨豚更適合的生活環境，也是重要的一環。我們該如何幫助圈養的鯨豚重返大海？或是如何提供牠們更好的生活環境？

8 世界人口突破 80 億，地球超載有危機？

WORLD 發生什麼事

二〇二二年十一月十五日，菲律賓馬尼拉一名女嬰誕生，她很特別，因為她的出生，聯合國宣布世界人口正式突破八十億，她成為「世界第八十億人」。

世界人口從一九五〇年的二十五億，到現在超過八十億，聯合國表示，這個人口里程碑，足以證明人類各方面的發展，包括公共衛生、營養、個人衛生和藥物的進步，使人類更長壽。但是人口快速成長，可能讓某些國家難以及時因應，人民陷入貧窮和飢餓，健康照護系統和教育普及也無法跟上，對地球資源也造成壓力。

二〇二三年四月，聯合國又公布一項最新世界人口統計：印度總人口數來到十四・

印度人口超越中國，成為世界第一。
（達志影像／路透社）

二八億，超過中國的十四・二五億，成為人口第一大國。印度的衛生、公共設施和教育，將面臨更大壓力，但伴隨而來的人口優勢，讓它有機會取代中國，成為下一個世界工廠甚至經濟大國。反觀中國，過去實施「一胎化政策」導致人口迅速老化，勞動力萎縮，對經濟成長不利。

聯合國祕書書長古特雷斯說：「八十億只是個數字，我們真正應當關心的，是如何讓人們都能過著健康、滿意、有尊嚴和永續的生活。」有人認為，人口不斷增加，地球已經超載，人類未來危機重重。古特雷斯回應表示，人類的未來，取決於許多因素，人口數只是其中之一；最重要的是人類必須保護地球、減少破壞，才能確保地球能夠滿足每一代人的需求。至於有的國家生育率過高或過低的問題，聯合國該不該管呢？聯合國認為必須尊重人權，不論貧國或富國，所有人都有權利選擇是否生育以及何時生育。

世界人口 最多的國家

世界人口前三高的國家是：印度、中國、美國。中國人口數在二〇二二年還是世界第一，但因生育率下降、人口負成長，第一名寶座在二〇二三 年讓給印度了。印度生育率也有下降趨勢，但下滑幅度比較慢。印度因為人口成長，半數人口年齡不到三十歲，未來幾年，勢必成為世界上成長最快的經濟體。

名詞解釋 生育率

每千名育齡婦女（指15至49歲之間）生小孩的總數，就是國家總生育率。生育率小於2， 就代表低於替換水準，生育率大於2以上，才能維持人口數平穩。目前全世界生育率最高的是非洲西部的尼日，女性一生平均生七個小孩！而美、英、日等高收入國家，生育率早已跌破2，南韓更是全世界生育率最低的國家，在2022年只有0.78，南韓女性一生平均孕育的小孩不到一個。

人口金字塔

人口金字塔是觀察一個地區人口結構變化的主要工具，一個國家的不同性別、年齡的人口比例及國家發展狀況，透過一張「人口金字塔」圖，一目了然。

- 縱座標代表年齡組別，每五歲一個級距。橫坐標代表各段人口數多寡，男左女右。
- 用法：可推估扶養比、性別比及經濟發展程度……。
- 低金字塔型：出生率、死亡率皆高；壯年人口負擔重；經濟發展較落後的國家。
- 高金字塔型：出生率、死亡率逐漸降低；多出現於發展中國家。

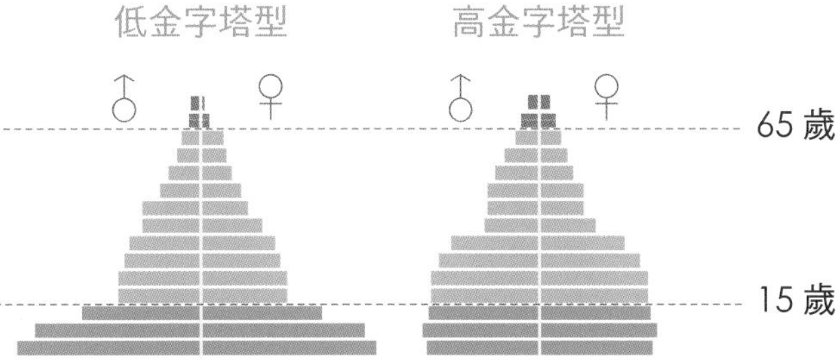

▲ 長條圖愈長，代表人口數愈多，而愈上面的長條圖，代表愈高齡的人口數。

你應該知道

人口破八十億，還會繼續增加嗎？

聯合國推估二〇五〇年全球人口將達八十五億，二〇八〇年達到一百零四億，雖會持續成長，但速度會放慢。全球人口由七十億增加到八十億，花了十二年時間；由八十億人增長至九十億人，大約需要十五年；由九十億到一百億，大約需要二十年。為什麼呢？因為從一九六〇年代開始，平均生育率就一直下降，使得人口增長速度放緩。

臺、日、韓「快速變老」

有高生育率國家，就有低生育率國家；相對印度與非洲人口持續增長，日本、韓國、臺灣都屬於低生育率、高齡化、少子化的國家。依照國際標準，六十五歲以上占總人口七%、十四%、二〇%，分別稱為：高齡化社會、高齡社會、超高齡社會。

▲日本人長壽，七十五歲以上的人口比例全球最高。
（達志影像／路透社）

臺灣在一九九三年成為高齡化社會，二〇一八年轉為高齡社會，預估二〇二五年會邁入超高齡社會。從高齡社會到超高齡社會，臺灣只花七年時間，而日本是十一年，法國是二十八年，奧地利是五十年，可見臺灣人口老化速度快得驚人！

日本是全世界「少子高齡化」最嚴重的國家，無論是六十五歲還是七十五歲以上的人口比例都是全球最高；生育率卻超低，僅有一・三。人民長壽加上少子化，使得日本人口結構失衡，青年人口減少、勞動力短缺、長照需求人數增加，國家社福體系的壓力超乎想像。

臺灣人口現況

內政部二〇二三年七月最新統計，臺灣總人口兩千三百三十七萬人。年齡結構：零至十四歲兩百八十點九萬人，占十二%；十五至六十四歲一千六百三十七點五萬人，占七〇・〇六%；六十五歲以上四百一十八點八萬人，占十七・九二%，明顯朝高齡社會邁進。至於最年輕、最高齡的縣市是哪裡呢？十四歲以下人口比率最高的是新竹市，最低是金門縣。六十五歲以上人口比率最高的是嘉義縣，最低的是新竹縣。

未來 40 年臺灣人口推估趨勢表

年別	幼年人口	工作年齡人口	老年人口
2017	311 萬人	1724 萬人	319 萬人
2027	276 萬人	1567 萬人	506 萬人
2037	206 萬人	1395 萬人	644 萬人
2047	156 萬人	1165 萬人	734 萬人
2057	133 萬人	953 萬人	725 萬人

▲數字顯示臺灣「少子高齡化」趨勢。　資料來源：內政部

漫畫來插嘴
我準備要出生啦！
是地球上第八十億人喔！
目前地球人口
7999999999
不要過來
你們怎麼啦？
歡迎歡迎!!!
為什麼，
有些地方趕我走，
有些地方的人
又希望我過去呢？

觀察點

少年國際事務所報告

對於世界人口突破八十億，你怎麼看呢？有人認為，人口大國要是再不控制生育率，等於是放任「人類自願滅絕運動」，地球資源會被提早耗盡。有人則對低生育率國家的未來感到悲觀，像是日本，就被預言「日本消失」。這兩種說法是從不同角度看事情；前者是從全人類與地球資源的角度，後者是從國家人口結構的角度。由於每個國家所面臨的人口課題各有不同，所以這裡就從「對整體人類與地球資源的影響」做為觀察點。

觀察點❶ 人口持續成長 VS. 地球資源消耗

地球人口愈多，就需要更多的糧食、水源和汽油，大自然終將難以負荷。氣候變遷加上人口成長，使「傳染疾病、高溫、糧食與水資源安全、空氣品質」四大議題惡化，威脅全球公共衛生與健康。最容易受到極端天氣事件影響的人，通常也是最缺乏資源保護自己的健康和環境的人；人口愈多，「氣候不平等」問題只會愈嚴重。因此我們必須回到這一切問題的源頭——減少導致氣候變遷的溫室氣體排放。所以，許多團體和專家正在努力因應氣候變遷問題。

觀察點❷

保護環境比檢討人口數量更重要

使用化石燃料是導致全球暖化的主因之一，然而在俄烏戰爭與能源危機的影響下，全球碳排放並沒有減少的跡象，化石燃料造成的碳排放量還創新高。我們必須承認，人類對自然世界造成的衝擊，主要與我們的所作所為有關，而非我們有多少人口。也就是說，不必先忙著檢討人口數；人類破壞環境造成生態改變與資源短缺，才是最應該優先處理的迫切課題。

換你想想看

- 請說說看全球人口成長與地球資源的關係？
- 你能夠解釋什麼是「人口金字塔」嗎？不同類型的人口金字塔，分別代表什麼現象？

▲氣候變遷的抗議遊行。（flickr／Ivan Radic）

科學家提出實證：地球已進入「人類世」

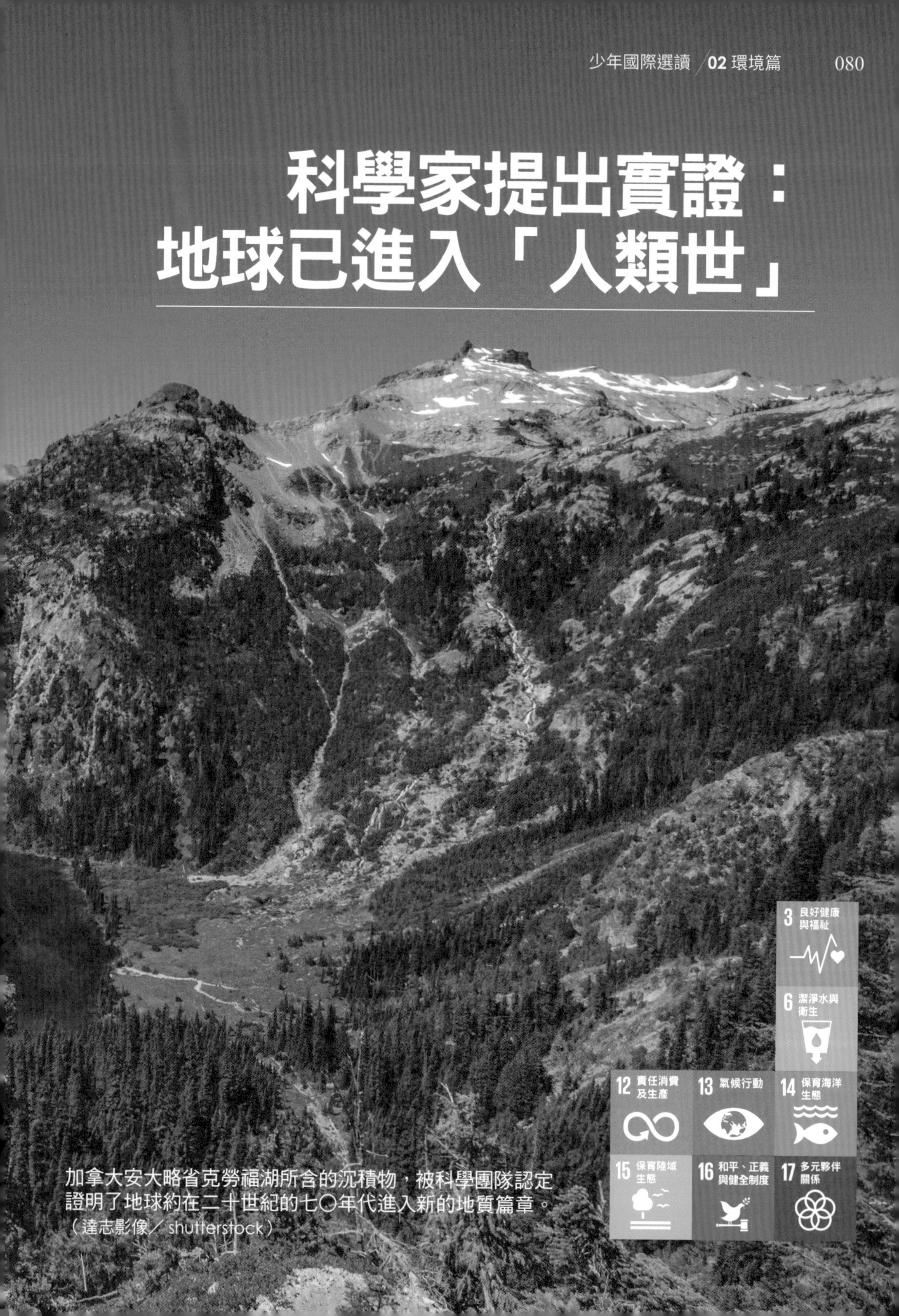

加拿大安大略省克勞福湖所含的沉積物，被科學團隊認定證明了地球約在二十世紀的七〇年代進入新的地質篇章。（達志影像／shutterstock）

09

發生什麼事

長期研究地球變化的科學家，在二〇〇〇年，使用了一個新詞——「人類世」（Anthropocene），用來指稱地球地質進入一個新紀元。就像「寒武紀」、「侏羅紀」各自代表不同的地質時期，「人類世」代表人類活動造成地球地質變化的時期。

不過，那時候「人類世」還是一個尚未被正式認可的說法，需要科學界提出更多證據，並且解答「人類世」到底從何時開始。於是一群科學家組成了一個「人類世工作團隊」（Anthropocene Working Group，簡稱AWG），鎖定一些地點進行研究，包括加拿大的克勞福德湖（Crawford Lake）。克勞福德湖面積雖小，走路十分鐘就能繞湖岸一圈，但是湖面平靜、水很深，湖底不易受到底棲動物或水流擾動，底層沉積物可以很自然的保存，是科學家採樣的理想地點。

AWG的科學家精心收集了一系列證據進行研究之後，在二〇二三年七月宣布，他們從克勞福德湖的湖底沉積物檢體中，找到塑膠微粒、石油煤炭燃燒的飛灰、核彈試爆殘渣。這些證據足以證明：大約七十年前，在人類活動影響下，地球進入新的地質篇章——「人類世」。

「人類世」是誰提出的？

「人類世」是地質年代上的時間尺度，由諾貝爾獎得主、荷蘭大氣化學家保羅．克魯琛（Paul Crutzen）等人提出。地質年代大多是由自然事件所決定，然而近代科技發展卻造成全球暖化、生物滅絕、臭氧破洞等全球性的環境巨變。「人類世」指的就是人類開始有能力撼動、干擾大自然過程的時期。克魯琛等人認為，人類活動對地球的影響，足以成立一個新的地質年代。

科學家認定，從二十世紀五〇年代起，人類開始主導地球的變化，因為那時，核子試驗將放射性元素和同位素釋放到大氣中，也沉入土壤和沉積物中。同時期還出現了大量人類現代消費品，向地球系統注入塑膠微粒、合成化學物質。

隨著時間，這些物質在克勞福德這個小湖泊底部穩定的一層層堆積，就像樹木年輪一樣，忠實記錄了一九五〇年代起，人類社會人口激增，以前所未有的速度消費資源和創造新材料，使得化石燃料燃燒產生的灰燼、塑膠微粒、化肥、殺蟲劑……都在這裡殘留下來，為「全新世」（自一萬一千七百年前開始）的結束、「人類世」的開始，寫下標記。

AWG的研究結果，仍需獲得國際地層學委員會正式承認。這個委員會規定，從「全新世」過渡到「人類世」，必須要有一個同步的「主要標記」，而這個標記所留下的地質痕跡，必須在地表各地都有。而核彈試爆釋放的鈽元素，就成為能夠提出的關鍵「全球特徵」。由於自然界存在的鈽元素很少，鈽元素因此成為清晰、有力的標記。

也就是說，一九五二年，美國在馬紹爾群島試爆世界第一枚核彈的那一年，成為地球進入人類世的關鍵年分。

不論「人類世」地質期有沒有獲得正式承認，地球生物學已發生巨變，是不爭的事實。我們顯然已經無法回到上一個「全新世」的狀態了。

什麼是地質年代？

地球上，各個時代的生物遺體以化石方式保留下來，化石與各式物質，沉積形成沉積岩，隨著年代由下往上堆疊。透過研究沉積岩，就能「閱讀」地球的歷史。為了方便大家了解地球的地質、生物、氣象或其他環境演變，科學家訂定出「地質年代」，概分地球的歷史。地質年代的劃分方式是「宙」、「代」、「紀」、「世」。

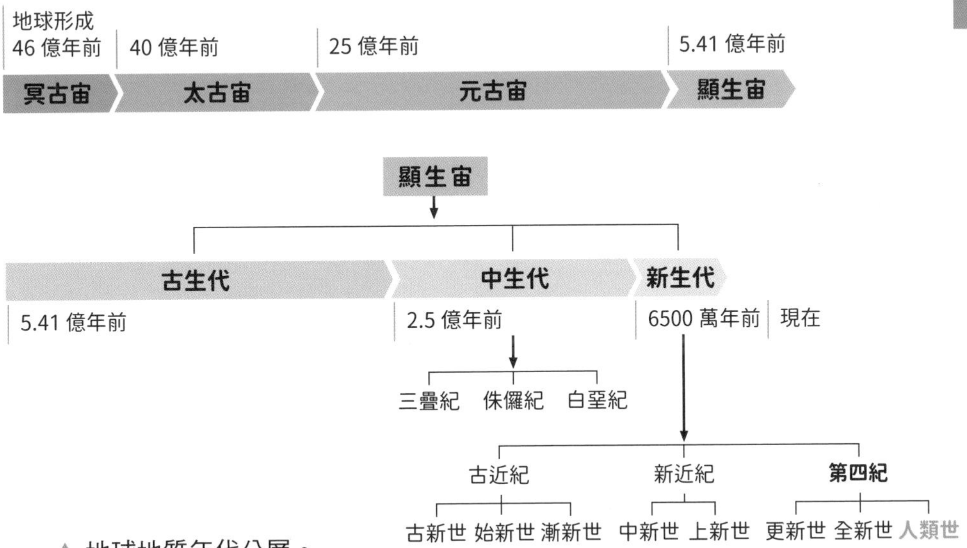

▲ 地球地質年代分層。

漫畫來插嘴
大氣化學家保羅．克魯琛提出「人類世」的概念，強調人類對環境造成巨大的威脅。
大氣化學家
保羅．克魯琛
Paul Crutzen
現在開始停用「全新世」吧，
我們身處的是……是……
人類世!!!
什麼時候輪到你來對地質學指手畫腳了！
地質學
……
這概念提出後，愈來愈多領域的學者也展開討論。
嘰
哩
呱
啦
地質學
我們要成立
人類世工作小組!!!

▶西班牙比開斯省的海灘，含有工業沉積物，也被視為人類世地質樣本。（達志影像／shutterstock）

你應該知道

意想不到的發現：大量雞骨頭

「人類世工作團隊」在各地尋找證據，發現有一個證據普遍存在，那就是雞骨頭！地球上凡有人居住的地方，幾乎都會留下大量雞骨頭。現代肉雞不是自然演化的，而是人類培育出來的，體型、骨骼、遺傳基因，都與牠的祖先或野生同類不同。人類在全世界丟棄大量的雞骨頭，竟然在地質紀錄中留下清晰的訊號。

此外，核武測試的放射性核素，也滲入土壤、沉積物、珊瑚、樹木年輪及冰河，在未來十萬年都將留下放射性的印記。換句話說，肉雞、核武的存在，證明人類有能力侵入自然界並干預大自然的發展。

塑膠合成地質新構造，令人不安

巴西外海有座火山島——特林達德島，這個小島十分美麗，地處偏遠，有各種生物棲息，包括海鳥、當地特有魚類、瀕危的螃蟹和綠蠵龜，這裡還擁有全球最大的綠蠵龜保護區。但近期科學家竟然在島上發現了可怕的「塑膠岩石」——熔化的塑膠，與島上的岩石融為一體。

在巴西一所大學任教的地質學者桑托斯（Fernanda Avelar Santos），二〇一九年來到島上從事塑膠汙染的地質研究，她在瀕危綠蠵龜保護區附近工作時，發現一大塊奇怪的藍綠色岩石。出於好奇，她採集了一些岩石樣本，帶回實驗室分析，結果發現那是一種新的地質構造：塑膠垃圾與地球數十億年間生成岩石的物質融合在一起，形成塑膠岩石！海洋塑膠汙染竟然形成岩石，令她非常震驚。

桑托斯發現的合成岩石，主要成分是魚網碎片，但洋流也把大量塑膠瓶、家庭廢棄物和其他塑膠垃圾從全球各地帶到特林達德島。

桑托斯的結論是：「人類現在成為一股地質動力，能影響先前純屬自然的過程，例如岩石生成。這符合科學家近期熱烈討論的『人類世』概念，也就是人類開始影響地球自然發展的地質年代。」

夏威夷萊桑島的海灘垃圾遍布。
（Flickr／U.S. Fish and Wildlife Service Headquarters）

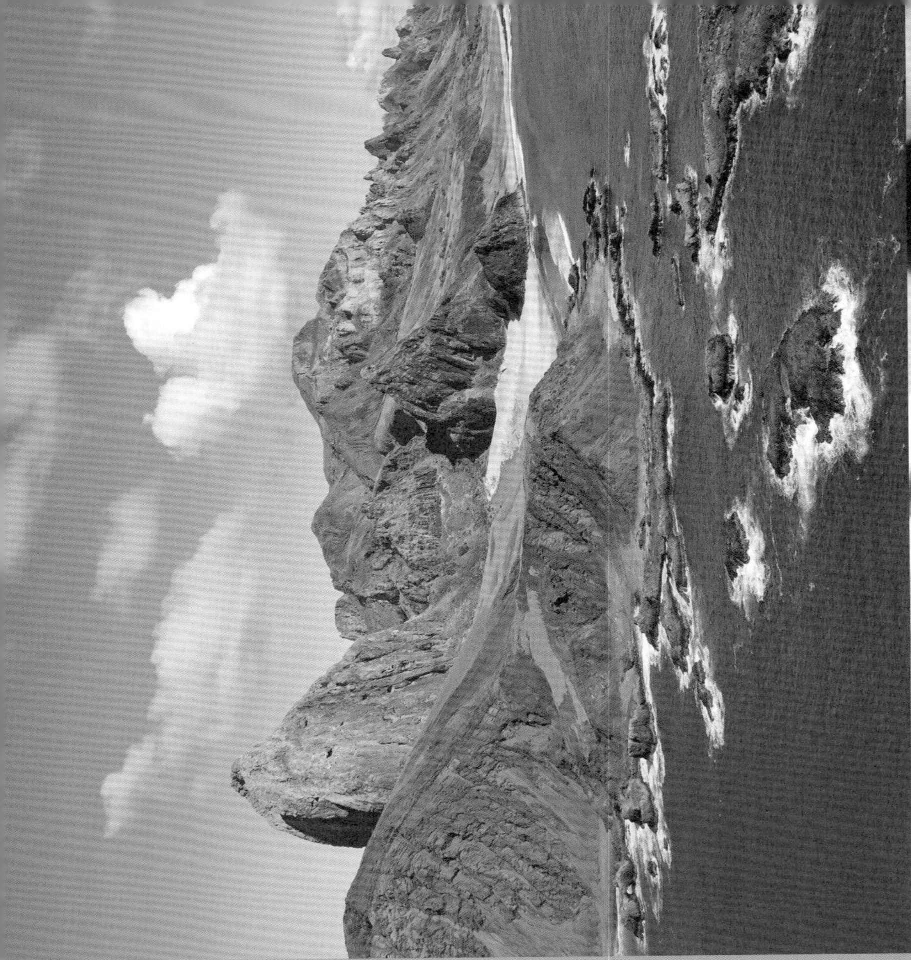

▶特林達德島因為地處偏遠，成了各種生物的棲息地，包括海鳥、當地特有魚類、瀕危的螃蟹和綠蠵龜。（Wikimedia Commons／Simone Marinho）

▶地質學者桑托斯在巴西的特林達德島發現海洋塑膠汙染形成岩石，並將一些岩石樣本帶回實驗室。（達志影像／路透社）

觀察點

少年國際事務所報告

AWG科學家的研究成果，除了能在地質史寫下新頁，他們所提出的證據也相當發人深省。第一，許多我們原本認為的「天然」災害，真的是不可抗的「天災」嗎？第二，人類活動對地球的影響，足以成立一個新的地質時代，這件事會不會對人類行為產生長遠的影響呢？

觀察點❶ 「天災」也可能是「人禍」造成

目前世界各地經常發生的災害包括：高溫、森林野火、洪水和乾旱。表面上看，都是大自然「肆虐」，人類是受害者。然而，克勞福德湖的沉積物顯示，也可能是先有「人為力量」改變了地球系統，才會發生這些災害。人類製造的各種汙染，產生的影響包括：酸雨、全球暖化、生物多樣性減少、海平面溫度上升、南極海冰面積快速消失等等，這些變化導致高溫、森林野火、洪水和乾旱等災情。許多「天災」的元凶，就是人類；天災往往是「果」，人類的行為才是「因」。

觀察點❷ 新地質時代對人類的長遠影響

特林達德島美得令人驚嘆，科學家卻在這個最具生態重要性的小島發現「塑膠岩石」這種東西，讓人背脊發涼。看來，人類若不改變行為，繼續影響、破壞地球系統，恐怕還導致難以預料的各種「災害」。新地質時代對人類的影響深遠，絕不僅是地質年代尺度的劃分而已。我們不妨從大歷史的角度來思考：「人類世」之後，又會是什麼樣的地質世代呢？那個地質世代，能提供人類更好的環境嗎？如果不可能更好，反而可能更壞，那麼製造了「人類世」的人類，即使不能扭轉地球系統改變的事實，至少應該改變生活態度，例如節制消費習慣、節制碳足跡、節制製造各種汙染，用更平衡的方式生活，才能讓地球系統免於繼續失衡。

▲海洋塑膠汙染物已經形成了岩石。（達志影像／路透社）

換你想想看

- 「人類世」是什麼？它代表了什麼樣的地質時期？有哪些證據可以支持這樣的說法？
- 新地質時代對人類的影響，不僅是地質年代尺度的劃分，也證明了「人為力量」改變了地球系統。你認為「人類世」對地球的影響有哪些？以及對人類的影響是什麼？

烏克蘭兒童表達要和平不要戰爭的心願。
（達志影像／路透社）

烏克蘭學校毀於戰火，3D列印蓋新校

二〇二二年二月二十四日凌晨，俄羅斯總統普丁突然下令對烏克蘭進行「特殊軍事行動」，飛彈襲擊烏克蘭多個城市，俄羅斯的部隊也隨即入侵。

原先俄羅斯以為很快就可以迫使烏克蘭投降，沒想到烏克蘭在總統澤倫斯基領導下頑強抵抗，使得這場戰爭演變為持久戰。全世界都受到這場戰爭影響，糧食與能源價格飆漲、通貨膨脹……許多烏克蘭家庭的大人死於戰火或被俘虜，近兩萬名未滿十八歲的烏克蘭兒童，被送往俄羅斯控制的地區；有些孩子被安置在「再教育營區」接受「再教育」（改變烏克蘭人的國家認同，變成自我認同是俄國人），學唱俄羅斯國歌，甚至接受軍事訓練。

人道組織「拯救烏克蘭」（Save Ukraine）展開救援行動，總算在二〇二三年四月，成功將三十多名兒童送回烏克蘭與家人團聚。一位母親說，她的孩子歷劫歸來後「笑容和話語都變少了」，不願意跟她談在營區經歷的事，只說「你知道了會睡不著」。營救他們的組織表示，會安排孩子們接受輔導，陪伴度過難關。

聯合國進行調查後，位於荷蘭海牙的國際刑事法庭，對俄羅斯總統普丁發出逮捕令，指控他非法遷走烏克蘭兒童，違反人道，犯下戰爭罪。歐盟執委會主席馮德萊恩表示，歐盟各國會繼續努力，協助更多烏克蘭孩子回家。

根據聯合國難民署統計，超過三百五十萬烏克蘭人逃到國外，其中約有一百五十萬名兒童成為難民。至於留下來的超過八百萬名兒童，烏克蘭教師和家長仍盡力讓他們延續學業。學校老師在防空洞中指導小學生，如果學校被摧毀，就改在其他地點上課。首都基輔的一位老師，在一家商店外的積雪人行道上蹲著幾個小時，協助學生完成當天的家庭作業，也有老師採取線上教學。在戰火中，教師和學生都沒有放棄教育及學習。

烏克蘭的識字率高達九九・八%，是世界識字率最高的國家之一，很重視教育。俄羅斯砲火摧毀了烏克蘭兩千四百多所學校，只剩少數學校可以上學，而且必須先建造防空洞才能安心上課。為了復原學校教育，地方政府與非營利組織及建築工作室合作，採用列印技術來蓋全新的學校。他們使用從荷蘭進口的機器列印建材，預計只需一個月的時間，學校就能初步完工，學生很快就能在新校舍上課。未來烏克蘭會更廣泛的應用3D列印工程模式，進行戰後基礎建設重建，例如醫院、民用住宅等等。像這個列印小學的建案，費用約兩千萬臺幣，由國際慈善團體贊助。列印可減少建材成本，縮短施工時間；更重要的是大幅減少裝潢廢料，碳排量也比傳統工法減少很多。

▲烏克蘭多數學校被炸毀，需要重建。（達志影像／shutterstock）

▲二〇一四年，烏克蘭軍隊在克里米亞附近的檢查口。（達志影像／路透社）

你應該知道

在俄羅斯野心擴張下，歐洲更團結

俄羅斯是國力強大的國家，一九一七年俄羅斯帝國垮臺，接續的「蘇俄」在一九二二年和周遭國家成立聯邦，也就是「蘇聯」。蘇聯國土橫跨遠東、中亞和歐洲東部，範圍涵蓋地球六分之一的陸地面積，在一九九一年解體之前，是能夠與美國平起平坐的超大強權。

俄羅斯總統普丁，對於恢復俄羅斯過往榮光和擴張領土頗有野心，入侵烏克蘭，並不是他第一次出手。克里米亞半島是烏克蘭南方領土，但半島的東邊非常靠近俄羅斯，島上的人也更為親近俄羅斯。二〇一四年，當時親俄的烏克蘭總統亞努科維奇遭到國會罷免，克里米亞藉機獨立，並以九六％的超高支持率通過公投、成為俄羅斯領土的一部分，普丁也趁機直接併吞克里米亞。

瑞典、芬蘭放棄中立申請加入北約

俄烏戰火牽動了周遭國家的國防政策，位於北歐的瑞典和芬蘭，因而對俄羅斯提高戒備。

芬蘭的東邊就是俄羅斯，兩國國界接壤超過一千公里。芬蘭長久以來就不斷遭受俄羅斯侵擾。第二次世界大戰後，芬蘭以中立國原則，在俄羅斯與歐美國家之間盡量求得平衡。

瑞典則在兩百年來避免參與任何軍事聯盟，在第二次世界大戰期間也保持中立，沒有遭到入侵。

然而，就在俄羅斯入侵烏克蘭之後，芬蘭與瑞典雙雙拋開了堅守很久的中立原則，決定力挺烏克蘭，宣布提供武器和軍事裝備給烏克蘭。另一方面，兩國也提交申請，希望成為「北大西洋公約組織」會員國，簽署入盟協議。只要各個成員國國會批准，芬蘭、瑞典就能正式入盟。芬蘭已先一步獲准，於二〇二三年四月正式加入，成為北約第三十一個成員國。俄烏戰爭仍持續進行，俄羅斯占領烏克蘭的企圖並未得逞，反而讓世界民主國家（尤其是歐洲），變得更團結，對共產政權的野心也更加提防了。

北大西洋公約組織 VS. 華沙公約組織

北大西洋公約組織（簡稱北約）是美、英、法等十二國在一九四九年成立的軍事合作組織，只要任何一個成員國受到武裝攻擊，將聯合防衛。蘇聯也不甘示弱的在一九五五年與六個國家成立華沙公約組織（簡稱華約），與北約抗衡。一九九一年蘇聯解體之後，華沙公約組織也就瓦解了。

烏克蘭總統澤倫斯基

澤倫斯基（一九七八年出生）曾是喜劇演員，在烏克蘭的政治喜劇《人民公僕》中飾演一位誤打誤撞，不小心當選總統的中學教師。而現實生活中，澤倫斯基也在二〇一九年以破紀錄的支持率當選烏克蘭總統。俄羅斯入侵烏克蘭時，很多人不看好烏克蘭，也不看好澤倫斯基能夠因應戰爭，沒想到澤倫斯基拒絕撤離，積極向世界各國尋求協助，並在許多重要國際場合發表觸動人心的演說，贏得國際社會廣泛支持。澤倫斯基和「烏克蘭精神」，獲選為美國《時代》雜誌二〇二二年「年度風雲人物」。

▲倫澤斯基在聯合國發表演說。（達志影像／shueerstock）

▲華沙公約成員國冷戰時和北大公約組織對峙圖。（Wikimedia Commons ／ Julian Oster）

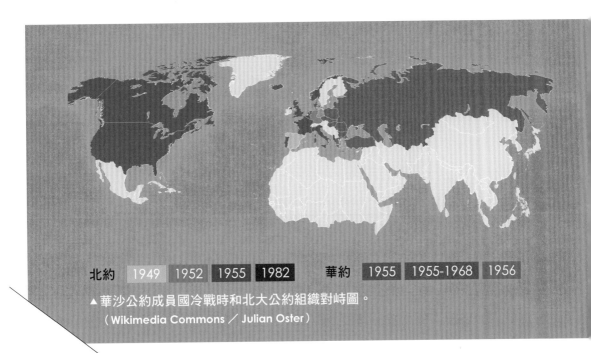

觀察點

少年國際事務所報告

戰爭對於交戰國乃至世界各國的影響是全面的。俄烏戰爭值得觀察的角度極多，我們從中選擇兩個角度來觀察，一個是「對臺灣的影響」，一個是「烏克蘭兒童的處境」。

觀察點❶ 對臺灣的影響

俄羅斯入侵烏克蘭，連帶使得臺灣以及臺灣海峽的安全成為國際焦點。臺灣與烏克蘭同樣被虎視眈眈，但是臺灣與中國隔了一道臺灣海峽，多了一道天然屏障。臺灣海峽在地緣政治上非常重要，中國、日本、南韓生產的服飾、電器、手機、半導體等各種產品，運往歐美、中東等地市場，必須經過臺灣海峽；全球超過五成的貨運必須行經臺灣海峽。而俄羅斯封鎖烏克蘭黑海港口，造成全球糧食價格衝高，證明地區衝突也會造成對全球的影響。臺海有龐大的航運量，不論爆發何種危機，都會嚴重打擊全球供應鏈。所以國際對於維持臺灣海峽和平、穩定全球供應鏈，在俄烏戰爭爆發後，已形成高度共識。

觀察點❷ 烏克蘭兒童的處境

俄羅斯入侵烏克蘭以來，許多兒童失去家人、無法上學、生活在恐懼中，甚至成了孤兒。有家長表示，以前孩子結交新朋友時，會說：「我叫漢娜，你叫什麼名字？我們一起玩好不好？」現在卻是先問清楚：「你從哪裡來的？」如果知道對方是俄羅斯人，就會默默轉身離開，不願意跟俄羅斯人一起玩。也有兒童因為父親死於戰火，立志長大要去讀軍校，成為軍人。這場戰爭，從各方面改變了烏克蘭兒童。

另有上百萬個跟著大人逃出國的烏克蘭兒童，成為難民，暫居歐洲各國，當地政府要求他們就讀當地學校，卻忽略了他們不懂當地的語言。他們整天坐在教室裡，什麼都聽不懂，學不到東西，非常沮喪。這些逃離家園的兒童，面臨身心各方面的適應與挑戰，也需要各界更多的理解與幫助。

換你想想看

- 用３Ｄ列印重建學校，真不錯！請你去研究看看，３Ｄ列印蓋房子，有哪些優缺點。
- 俄烏戰爭的爆發，與臺灣安全有關嗎？請你說說看。

安倍晉三政治遺產，對印太安全貢獻大

WORLD 發生什麼事

日本前首相安倍晉三，二〇二二年七月八日在奈良為自民黨的國會議員候選人助選，進行街頭演說時，不幸遭刺客槍擊，送醫不治，享壽六十八歲。安倍是日本政壇最有分量的政治家，也極具國際影響力，重要性難以取代。臺灣、印度、巴西等國紛紛降半旗以示哀悼，日本政府也為他舉辦了隆重的國葬，表彰他對國家的貢獻。美國《時代》雜誌評論：「安倍改變了日本的世界地位，直到最後，他都是日本政壇一言九鼎的人物。」

安倍在兩度首相任內，展現出不同於日本傳統政治人物的開闊國際視野與格局，他從地緣政治及全球戰略眼光進行政策布局，為日本現在的外交、國防的大方向定調，並且打下基礎。他對日本及世界影響最深的，是他生前提出前瞻性的「印太戰略」（連結印度到太平洋區域的盟國，鞏固這個區域的自由開放與國際秩序，防止來自中國的威脅與破壞）。安倍的「印太戰略」被印太地區大部分國家接受，就連美國前總統川普也接受，而繼任的拜登總統同樣認同。因此，由美、日、澳、印、韓、臺、菲等國組成一個非正式的「海洋民主國家大聯盟」，在二〇二三年儼然成形。這正是所謂的「安倍遺產」，

安倍是具全球戰略眼光的日本政治領袖。（達志影像／路透社）

是他為民主世界做出的重要貢獻。從臺灣的角度，這個戰略，也為處在中國軍事威脅下的臺灣，提供非常重要的安全防護網。

安倍生前對臺灣十分友好，常為臺灣在國際發聲，更提出「臺灣有事就是日本有事，更是日美同盟有事」的概念，可說是將臺海安全議題「國際化」的推手！由於安倍在國際奔走，使得日本、美國乃至更多國家漸漸體認到：維護臺海和平，也符合各個民主國家自身的國家利益。當這個國際共識逐漸凝聚後，臺灣便不像以前那般孤立、只能自己面對中國的威脅，而是多出了許多盟友。

安倍雖已離世，但是世界格局愈來愈趨近他的預測，而續任的日本首相岸田文雄也繼承了安倍的路線與印太戰略思維。從安倍首相積極穿梭國際，到岸田首相延續安倍大戰略，可以看出，安倍已將日本的國際地位提升到一個新高度。

安倍晉三（一九五四～二〇二二）小檔案

- 安倍家族出了三位日本首相：外祖父岸信介（1957～1960 年擔任首相），叔公佐藤榮作（1964～1972 年擔任首相），以及安倍晉三。父親安倍晉太郎則於 1982～1986 年擔任外務大臣。
- 二戰後最年輕的首相：2006 年選上自民黨總裁並擔任首相，時年 52 歲。
- 日本在位最久的首相：2006～2007 年、2012～2020 年，任期共 7 年 8 個月，都因宿疾腸炎而辭職。

哪些情形之下「降半旗」

為感念安倍晉三對臺灣的貢獻，臺灣於二〇二二年七月十一日降半旗一天。臺灣降半旗是依據《國旗下半旗實施辦法》，有以下情形可以降半旗：「總統、副總統逝世時」、「二二八和平紀念日當日」、「對國家有特殊勳勞或偉大貢獻者逝世時」、「對世界和平或人類進步有偉大貢獻者逝世時」、「現任友邦元首逝世時」、當國家發生「天然或人為災害造成重大傷亡時」。回顧過去降半旗的歷史：（世界特殊貢獻者）二〇〇五年教宗若望保祿二世辭世；（特殊事件或天災人禍）一九八九年追悼六四天安門事件，一九九九年悼念九二一大地震罹難者，二〇〇一年悼念美國九一一事件，二〇一八年悼念花蓮地震災害罹難者等等。

你應該知道

著名的「安倍經濟學」

日本前首相安倍晉三去世後，他任內最引人注目的經濟政策「安倍經濟學」（Abenomics）又被提出討論。二〇一二年安倍第二度上任時，日本正處於經濟衰退，為了活化經濟，安倍打出「安倍經濟學」經濟計畫，主要有「三支箭」政策。第一支箭是「大膽的貨幣政策」，實施貨幣寬鬆，讓日本央行向國內提供資金。第二支箭是「靈活的財政政策」，藉由擴大公共建設，轉移資金到相關的民間企業，建設基礎設施。第三支箭是「鼓勵民間投資的經濟成長策略」，放寬管制。

雖然「三支箭」的經濟政策最終並未達到預期效果，但確實幫助推動了經濟成長。安倍二〇二〇年九月卸任時，與他八年前上任時相比，經濟確實有改善，足以承受疫情大流行的衝擊。

日本首相如何產生？

日本實行「內閣制」，與臺灣投票選出總統的「總統制」不同。日本是由人民投票選出國會議員，由在國會擁有多數議員的政黨組成內閣，並推派首相（也就是總理大臣）。日本主要政黨有：自由民主黨（自民黨）、立憲民主黨（立民黨）、公明黨等。

▲安倍晉三（中）擅長外交，活躍於國際舞臺，圖為 2019 年 G20 大阪峰會。（flickr／The Trump White House Archived）

重要的《新安保法》

在外交與國防政策方面，安倍是親美的強硬派，希望透過修改日本憲法，加強日本軍事能力（第二次世界大戰後，戰敗國日本在美國主導下制定新憲法，根據憲法第九條，永遠放棄發動戰爭的權利。因此日本憲法也被稱為「和平憲法」），否則日本只能建立自衛隊，在國土遭遇攻擊時可以保護自己，卻無法如正常國家一般有「開戰權」。

隨著國際局勢不斷變化，一直有人主張修改憲法、讓日本「正常化」。不過，要修改憲法非常困難，尤其是只要涉及修改憲法第九條，就會引發抗議，認為修憲會違反和平原則，讓日本再成為軍國主義國家。

安倍晉三繞過憲法，推動通過了《新安保法》，讓日本除了遭攻擊時可以自衛，也可在同盟國遭攻擊時提供武力協助。

這份《新安保法》與臺灣有什麼關係呢？日本前副首相麻生太郎就曾明白指出，一旦臺海爆發戰爭，日本自衛隊可以協助美國防衛臺灣的法律基礎，就是安倍解禁的集體自衛權。

《新安保法》的民意變化

「同盟國有難，出兵支援」，聽起來沒什麼問題，但反對《新安保法》的人認為，這項新法可能會使日本捲入戰爭，甚至稱之為「戰爭法案」！許多名人當時大力反對這項新法，包含諾貝爾文學獎得主大江健三郎、動畫大師宮崎駿，法案通過時還有數十萬人上街抗議。隨著時移勢轉，俄羅斯侵略烏克蘭之後，根據日媒做的民調，已有將近七成日本民眾認同《新安保法》。

▲日本民眾抗議《新保安法》。
（達志影像／歐新社）

漫畫來插嘴
中國在二〇二一年二月底宣布禁止臺灣鳳梨進口。
我們在臺灣鳳梨裡頭檢查到有害生物，從三月開始暫停進口！
咦，怎麼這樣？
China
Taiwan
我們有很多鳳梨是銷往中國的，
這下該怎麼辦啊？
日本前首相安倍晉三發文：
安倍晉三
@AbeShinzo
今日のデザートはパイナップル。とっても美味しそう。
「今天的點心吃鳳梨，看起來好好吃。」
翻譯蒟蒻
我也有看到安倍晉三吃鳳梨耶！
謝謝日本人喜歡吃臺灣鳳梨。
出口到日本的鳳梨變得好多！
原本還擔心賣不掉呢，真是太好了！

觀察點 少年國際事務所報告

安倍晉三遇刺身亡，不僅是日本政壇的重大損失，也可能連帶影響世界局勢走向。我們可以分別從臺灣、日本、世界的角度，觀察安倍辭世的影響以及他的貢獻。

觀察點❶ 臺灣失去一位好朋友

臺灣人對安倍晉三普遍具好感，因為他於公於私都對臺灣十分友善。他力挺臺灣加入世界衛生大會，二〇二一年新冠肺炎蔓延時，居中協調，促成日本捐贈AZ疫苗給臺灣。臺灣鳳梨無法出口中國時，他在社群媒體上稱讚臺灣鳳梨美味，幫忙推銷。所以安倍去世，對許多臺灣人來說，感覺像是失去一位國際盟友。

▶安倍對臺灣相當友善，是臺灣在國際間的重要盟友。（翻攝自安倍晉三粉專）

觀察點❷ 安倍使日本成為地緣政治要角

任何政治人物都有支持者與反對者，安倍在日本也是有爭議、未必十分討好。二戰時期被日本侵略的亞洲鄰國，也對安倍在歷史問題上的表現頗有不滿，這些都是事實。然而，安倍是二次世界大戰後日本最重要的領導人，也是無庸置疑的。安倍很早就察覺中國對世界現有秩序的威脅與危險，也是第一個提醒西方世界正視這個問題的亞洲領導人，可說是國際秩序的「吹哨人」。雖然他帶領日本走向正常化國家的心願尚未完成，但毫無疑問，在他的戰略布局下，日本已成為中國崛起下的印太地區民主國家的中流砥柱。

觀察點❸

日本寫下國際政治史重要一頁

安倍晉三去世，各國政要除了哀悼，也紛紛表達對他的高度讚揚。美國國務卿布林肯盛讚安倍是「具有遠見的人」，當時的英國首相強生讚揚安倍的全球領導力。法國總統馬克宏表示日本失去一位將一生奉獻日本並努力為世界帶來平衡的偉大首相。具有前瞻眼光的安倍，與美國、印度、澳洲共同打造「印度太平洋」的戰略藍圖；試圖推動修憲，實現日本「軍事正常化」，來因應中國崛起、臺海危機以及北韓核威脅。安倍讓日本成為全球外交政策轉向的關鍵國家，寫下日本在國際政治史上的重要一頁。

換你想想看

- 請說說看安倍晉三提出的「印太戰略」是什麼？
- 為什麼安倍晉三被認為是日本政治領袖中少見的具有全球戰略眼光的人物，以及他在國際政治中的主要貢獻是什麼？並說說看安倍晉三推動的「印太戰略」與臺灣有什麼關係。

查爾斯三世於 2023 年 5 月 6 日加冕。（達志影像）

英王登基，貨幣、護照、郵票全面換新

WORLD 發生什麼事

提到英國，大家可能會聯想到大笨鐘、福爾摩斯、派丁頓熊、下午茶文化，以及一位穿著鮮豔套裝的慈祥奶奶——英國女王伊莉莎白二世。她是英國史上在位最久的君主，二〇二二年九月八日去世，享耆壽九十六歲。她的長子、七十三歲的王儲查爾斯王子，繼位為英國國王查爾斯三世。

伊莉莎白二世是喬治六世的長女，她登基時才二十五歲。在她長達七十年的女王生涯中，歷經了十四位英國首相、十四位美國總統，閱歷不凡。她以穩重可靠的形象，陪伴英國人走過時代的動盪與變遷，備受愛戴。

女王去世，代表一個時代結束，印有她肖像的郵票、貨幣、護照，都必須改版，甚至國歌也要修改歌詞，將「天佑女王」恢復為「天佑吾王」。現行貨幣上的伊莉莎白二世肖像，要改成查爾斯三世肖像；出國必備的護照印著「以女王陛下（Her Majesty）名義」，要改為「以國王陛下（His Majesty）名義」。此外，皇家郵政也會印製查爾斯三世頭像的新郵票，取代女王頭像；郵筒上「伊莉莎白二世」字樣，也會更換。以英國君主為國家

元首的大英國協成員國，包括加拿大、澳洲、紐西蘭等國，都將逐步更換貨幣上的肖像，迎接新時代。這個換新工程十分浩大，得花上好幾年才能完成。

隨著查爾斯三世登基，查爾斯的長子、四十歲的威廉王子成為王儲。

以前英國的繼承法是男性優先制度，隨著男女平等意識抬頭，英國王室在二〇一三年通過《王位繼承法》，不再採男性優先制，將繼承順位改為依照輩分及出生順序。因此，目前王位繼承第一順位是威廉王子，接著依序是他的三個孩子：喬治王子、夏綠蒂公主、路易王子（修法後，夏綠蒂公主的順位就不用排在弟弟路易之後了）。

當過兵的女王

第二次世界大戰期間，伊莉莎白二世尚未繼承王位，作為公主，她在一九四四年剛滿十八歲時，就堅持加入本土防衛輔助隊，那是英國軍隊的婦女分支。伊莉莎白公主沒有特權，從基層小兵當起，學習軍車維修與駕駛，當時報紙稱她為「汽修公主」。

▶一九四五年四月，穿著戎裝的伊莉莎白公主。（Wikimedia Commons）

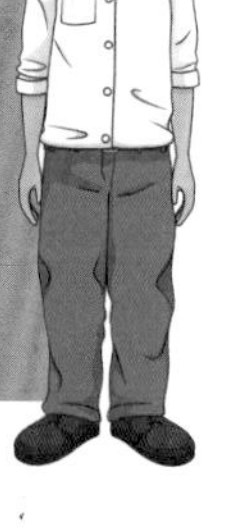

▶王儲威廉王子（右）、凱特王妃（中）與三個孩子（前排自左至右：喬治王子、路易王子、夏綠蒂公主）。（達志影像）

英國國旗小知識

如果你對國旗有興趣的話，可能會發現，有些國家的國旗左上角，可以見到英國國旗，這是因為英國過去對於殖民地的旗幟有統一的規定，要以配有英國國旗的藍旗為基底，再搭配與當地相關的紋章。現在澳洲、紐西蘭以及大洋洲島國斐濟、吐瓦魯等國家的國旗，仍顯示它們與英國的歷史淵源。

你應該知道

英國君主只是虛位，並無政治實權

英國是世界第一個君主立憲制的國家。一六八八年英國發生一場光榮革命，推翻了君主專制，議會掌握實權，通過了一系列限制王權的法案，以一六八九年頒布的《權利法案》影響最為深遠。《權利法案》明確限制國王權利，保證議會的立法權、財政權等權利。君主權利是由法律賦予，受到法律嚴格制約，而不是「神授」。法律賦予英國君主的權利，包括任免首相、大臣、高級法官和各屬地總督，擁有召集、停止和解散議會，批准和公布法律，統帥軍隊等權利，實際上，這些都必須經過議會通過、由內閣執行；君主名義上是國家元首，主要是作為國家的象徵，並無實際政治權利。

▶查爾斯三世加冕，戴上皇冠（右圖）。七十年前，伊莉莎白二世加冕（左圖）。（Royal Collection）、（達志影像）

「倫敦橋倒塌」之後

英國王室對於重要成員去世，備有不同代號的應變方案，伊莉莎白二世駕崩的代號是「倫敦橋倒塌」（London Bridge Is Down），從她登基時就已設定。一旦女王駕崩，王室將首先通知首相「倫敦橋倒塌」，隨即展開「倫敦橋行動」，包括通知友邦以及透過媒體告知民眾，並開始籌辦國葬。王室告知媒體的方式，是在王室新聞廳上方懸掛一盞藍燈。這盞藍燈是冷戰時期設計的，原本用途是第一時間通知媒體核戰爆發的訊息。冷戰終止後，這盞藍燈改用於重大緊急事件，例如女王駕崩。

伊莉莎白二世去世，對於「大英國協」存廢也有影響。十九世紀的英國是世界最強盛的國家，在世界各地都有殖民地，不論何時都有殖民地是白天，被稱為「日不落帝國」。隨著英國國力式微，殖民地紛紛獨立成為主權國家，與英國組成「大英國協」，共有五十六個成員國。其中有十四國共同擁戴英國君主，稱為「大英國協王國」，但近年不時傳出「取消君主制」的呼聲。專家預測，魅力不及女王的查爾斯三世，有可能加速大英國協解體。

應變方案代號

伊莉莎白二世的父親英王喬治六世去世的應變代號是「海德公園角」（Hyde Park Corner），海德公園角是倫敦知名的地標。現任英國國王查爾斯三世的去世應變代號是「梅奈橋行動」（Operation Menai Bridge）。對國家有重大功績的人物，也會享有喪葬籌備方案，例如二次大戰時期功績卓著的英國首相邱吉爾，葬禮代號是「不希望發生的行動」（Operation Hope Not），沒想到邱吉爾很長壽，方案不得不多次修改。邱吉爾的葬禮是非王室成員最盛大的國葬。

▲ 英國每名君主都有屬於自己的皇家密碼，伊莉莎白二世女王的密碼是「EIIR」（左圖），是 Elizabeth Regina II 的縮寫。Regina 是拉丁語的女王。查爾斯三世的密碼是「CIIIR」（右圖），C 代表查爾斯，R 是 Rex，拉丁語的國王。（flickr／Matt Brown）

觀察點

少年國際事務所報告

英國的君主立憲制度存在已久，儘管廢除君主制的呼聲此起彼落，但在伊莉莎白女王守護下，王室並未受到撼動。女王辭世後，王室能否繼續得到人民支持，是繼任者的一大挑戰。

觀察點❶ 王室與民心

國王及王室成員的工作，包括到國外出訪、促進邦誼，投身公益、推動慈善等等。王室的存在，為英國吸引大批觀光客，創造可觀的觀光收入。王室在政治上維持中立，扮演著國家運作的穩定力量，因此，王室並非毫無意義的存在。反對者認為，維持王室，不符時代潮流、反民主潮流。不過，伊莉莎白二世在位七十年，不介入政局、不表達個人意見與情緒，做為「國家象徵」、「精神支柱」，謹守憲法，非常有分寸的表現，讓世人看到立憲君主制並非全然沒有優點。「好的」立憲君主制，讓君主、政府、政治人物都有所警惕與節制。例如英國首相須經國王（女王）任命，這個程序正是提醒他們，他們的權力是國家賦予的，個人不能為所欲為。畢竟，政治主張可以變來變去，政治人物可以換來換去，但國家是高於這一切的存在。

伊莉莎白二世的表現，讓人覺得或許沒有推翻君主制的必要性與迫切性。然而，英國脫離歐盟後經濟表現糟糕，王室每年鉅額開銷須由納稅人負擔，加上查爾斯三世的個人魅力不如伊莉莎白女王，王室要如何爭取民心，就要看查爾斯三世的後續表現了。

觀察點❷

新時代新考驗

不論是大英國協的成員國揚言退出國協，還是英國王室是否曾經涉及「奴隸貿易」的歷史問題，如何處理，都是時代給英國國王的考驗。

查爾斯三世已多次表達，支持大英國協會員國，以民主程序決定國家與人民的未來，包括是否退出大英國協，建立共和。他也贊助英國的歷史學會進行獨立研究，調查英國王室與十七、十八世紀跨國販奴行為的牽連。他在這些議題上展現出開明的作風，積極正面的回應，而不是高高在上、以拖待變，目前得到的評價是正面的。畢竟，王室若是跟不上時代、不能對普世價值做出正面回應，那麼他們存在的價值當然會更受質疑！

換你想想看

- 英國女王伊莉莎白二世辭世後，對英國人民的生活產生哪些影響？
- 英國的君主立憲制度有哪些特點，以及查爾斯三世在這個體制下與大英國協之間的關係如何？
- 你知道哪些國家是大英國協的成員國嗎？

化危機為轉機，德國啟用天然氣接收站

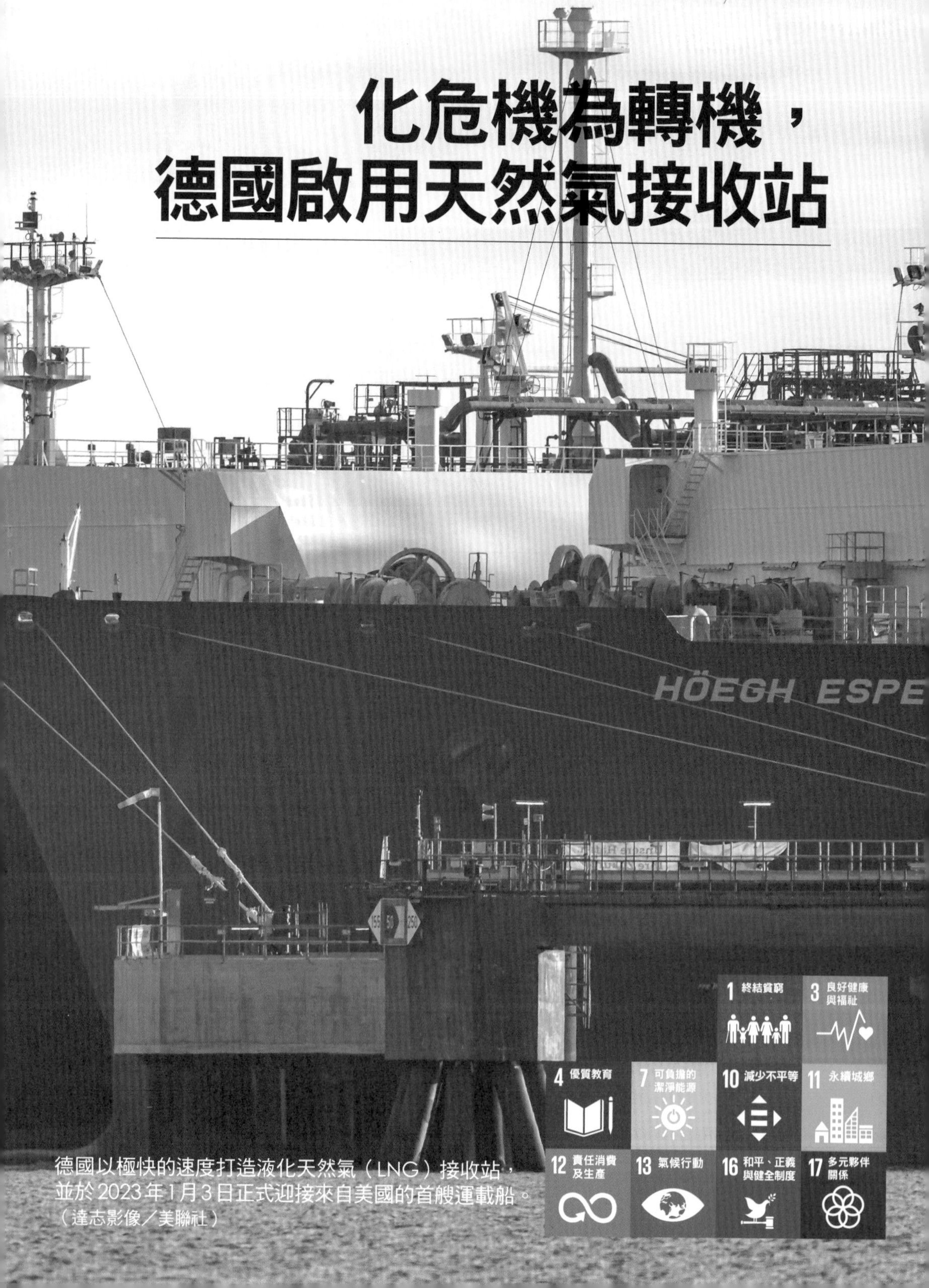

德國以極快的速度打造液化天然氣（LNG）接收站，並於2023年1月3日正式迎接來自美國的首艘運載船。（達志影像／美聯社）

WORLD

發生什麼事

二〇二二年年底，德國正式啟用位於北海的威廉港附近的第一座「液化天然氣碼頭」，有了自己的液化天然氣接收站，就可以分散採購來源，向卡達、美國、澳洲等國進口天然氣。這也代表德國成功擺脫了被俄羅斯威脅「斷絕供應天然氣」的壓力。

德國冬天寒冷，天然氣是發電和供應暖氣的主要能源之一，五五%的天然氣向俄羅斯採購，透過兩條海底管線「北溪一號」和「北溪二號」，將俄羅斯的液化天然氣輸送到德國。然而烏俄戰爭開打後，俄羅斯報復歐洲國家支持烏克蘭，於是切斷了天然氣供應，使得歐洲各國能源吃緊，也讓德國意識到他們的能源政策必須加速轉型。

德國總理蕭茲（Olaf Scholz）決定要設五座液化天然氣接收站，方便德國向其他國家進口液化天然氣。起初大家並不看好，認為這個辦法緩不濟急。

沒想到德國僅用十個月的時間，就快速興建完成第一座液化天然氣接收碼頭，而且第一艘來自美國的液化天然氣載運船，也在二〇二三年初抵達。證明了德國這次的能源轉向政策不但可行，而且效率驚人。

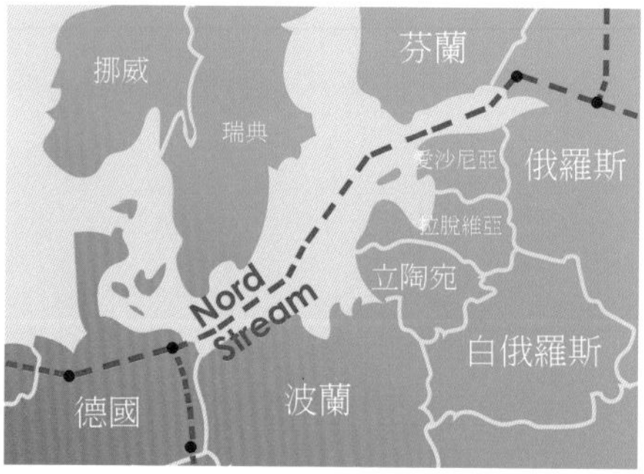

▲紅色虛線是天然氣管線「北溪一號」的路線。

歐洲國家向來非常仰賴俄羅斯的能源，將近五〇%的天然氣、三〇%的石油、五〇%的煤炭來自俄羅斯！俄羅斯切斷對歐洲的天然氣供應時，原本以為可以逼使各國屈服於能源需求，與俄羅斯談判，沒想到打錯如意算盤，歐洲遇到有紀錄以來第二溫暖的冬天，暖氣使用較少，各國天然氣儲存量甚至比戰爭開打前還多。經過這次教訓，歐洲各國紛紛尋求新的能源供應管道，分散來源，避免被俄羅斯箝制。

德國更是自二〇二三年一月開始，無論是天然氣或是煤炭、石油，從俄羅斯進口的占比，全部直接降為〇%。僅用不到一年的時間，就成功擺脫長期對俄羅斯能源的依賴，化危機為轉機。

液化天然氣運送

要將天然氣從開採地運送出去，除了可以設置長途管路（例如北溪天然氣管路），也可以用交通工具運輸。不過，運輸前必須經過一連串超低溫冷凍的程序，把溫度降到攝氏零下一百六十二度，讓天然氣就從氣體轉化為液體。變成液體的天然氣，體積只有氣體的六百分之一，不僅方便儲存也方便運送。抵達終點後，再以特殊程序將液化天然氣汽化成氣體，經由管路送到需要的地方。

▲德國政府在冬季實施一系列節能措施，包括限制公共場所的暖氣以及戶外裝飾、廣告照明，減少天然氣使用料。圖為德國柏林地標布蘭登堡夜間光雕。（達志影像／shutterstock）

俄羅斯口袋破洞了

俄羅斯是能源出口大國，根據國際能源總署二〇二二年統計，沙烏地阿拉伯還是最大石油出口國，俄羅斯是第二名，但是俄烏戰爭導致它失去大部分的客戶，國家收入大減。根據俄羅斯政府二〇二三年公布的數據，俄羅斯的石油和天然氣課得的稅，比前一年同期少了二四%，收入大減。

你應該知道

歐洲國家偏好使用天然氣，是全世界進口天然氣最多的地區。德國也一樣，而且長年「盲目依賴」向俄羅斯採購能源。那麼它是如何僅用一年的時間，將它對俄羅斯天然氣的依賴降為零？方法就是「節能」與「開源」雙管齊下。

有效的節能措施

德國政府實施一系列節能措施，包括冬天限制公共場所的暖氣、戶外裝飾、廣告照明等等，透過這些措施，減少天然氣使用量。

從市政廳到火車站候車室等公共建築，暖氣溫度上限十九度，而且入口、門廳、廊道不供暖氣。照明方面，公共紀念設施、建築外牆停止夜間裝飾燈光，也禁止商店招牌整夜打燈，所有霓虹燈必須在晚間十點關閉。

不過，醫院、養老院、幼稚園、小學、中學的暖氣，並不受限制（大學除外，只有學生宿舍提供暖氣）。種種節能措施，既不影響辦公，又照顧到老幼病殘，很人性化又很有效果。

多管道輸入儲存

德國在節能的同時，也積極開源。透過打造五座移動液化氣裝卸碼頭，一年可以處理三百十五億立方米的天然氣，這就解決了六〇%的天然氣。另外四〇%天然氣，從鄰國荷蘭、比利時的碼頭通過管路輸入德國。透過這兩種方法儲存天然氣，達成了開源目標，現在德國天然氣儲存量，甚至比被俄羅斯「斷氣」前還高。

不僅德國擺脫了對俄羅斯天然氣的高度依賴，整個歐洲也是如此，向俄羅斯進口的天然氣只剩不到一〇%，改向其他國家購買。

常見的再生能源

各國的能源轉型，除了針對傳統能源開源節流之外，很重要的還有加速開發再生能源。

項目	發電方式	優點	缺點
太陽能	太陽能主要透過電板發電，電板中的光電半導體接受陽光照射後，將輻射能轉換成直流電。	1. 有陽光照到的地方就能發電。 2. 低碳。 3. 環保，不會造成空汙，也不會產生噪音。	1. 無法 24 小時穩定供電。 2. 需要大面積土地。 3. 發電轉換效率較差。
水力能	透過水位高低差的衝擊力，帶動發電機產生電力。	1. 水資源可重複使用，轉換效率較高。 2. 低碳、環保、不會造成空汙。 3. 能快速配合電網調度需求。	1. 建置水庫成本高，會破壞生態。 2. 缺水時就無法發電。
風力能	透過空氣流動轉動葉片，帶動發電機組發電。	1. 有好的風場就能發電，門檻較低 2. 低碳、環保、不會造成空汙。 3. 發電的轉換效率較高。	1. 無法 24 小時穩定供電。 2. 有低頻噪音問題。 3. 離岸風電技術及資金門檻高。
海洋能	發電方式可分為潮汐、波浪、海流、海洋溫差和海水鹽差等不同形式。		
生質能	由動物、植物、藻類等有機物質經轉換後成為能源。	每一種生質能的優缺點各有不同。	
地熱能	地熱推動渦輪，再將機械能轉換成電能。	地熱蘊藏量豐富，不需燃料也不需加熱。	1. 探勘和鑽井費用高，且會破壞生態。 2. 發電成本高。

漫畫來插嘴
呼～
咔
核能太危險啦！
NO NUKES
核電歸零
別忘了還有不知道該怎麼處理的核廢料！
溫室效應愈來愈嚴重！
淘汰化石燃料！
反化石燃料大遊行
停止化石燃料開採!!!
那麼我……
還能用什麼能源呢？

觀察點

少年國際事務所報告

俄烏戰爭爆發後，歐洲陷入能源危機，這也讓歐洲各國意識到，不能繼續仰賴單一國家提供能源，因此一方面多元採購，一方面加速能源轉型，使用更多「再生能源」！尤其德國因應能源危機所採取的策略與目標，值得其他國家參考學習。

觀察點❶ 綠電是全球趨勢

綠電與再生能源常被混為一談，綠電的範圍比再生能源廣，不論是否再生，只要碳排放很低的發電型式就是綠電。至於再生能源，就是可自然生成的能源，且補充速度高於消耗速度，包含太陽能、風力、生質能、地熱、水力等，每個國家可以根據各自的資源條件，定義再生能源。

再生能源是從大自然中獲得的能源，例如陽光、風、水，是取之不盡的資源，可轉化為太陽能發電、地熱發電、風力發電、水力發電，既環保又安全。不過，再生能源的發電效率較低，使得很多國家遲遲沒有大力投資發展，直到俄烏戰爭爆發，各國不得不加快能源轉型的腳步。像是德國早就通過《再生能源法》，現在變得很積極，以「二〇三〇年實現八〇％發電量由綠電提供」為目標。看來綠電很快會成為全球能源主流。

觀察點❷ 臺灣的能源轉型也將逐漸加速

臺灣可以發展的再生能源包括：太陽能、風力、生質能、地熱能、海洋能（潮汐能）等，其中較普遍的是水力能、風力能、太陽能，不過目前再生能源占總發電量的比例仍低。

好消息是，我們已經在二〇二二年

迎來一個轉捩點。根據經濟部能源局統計，二〇二三年臺灣全年度的再生能源發電量達二萬三千八百四十三百萬度（GWh），占整體發電量八．三％，以極小差距超越占整體發電量八．二％的核電，這也是綠電的總發電量首度超越核電。相較前一年，再生能源發電量成長三六％。

目前臺灣最主要的發電方式是火力發電，二〇二三年火力發電量三十三萬七千四百八十七百萬度（GWh），占總發電量八二．四％（其中燃煤占四二．一％，燃氣占三八．八％）。然而火力發電會排放二氧化碳，造成空氣汙染和溫室效應，所以我們需要更多的綠電來替代。根據經濟部「減煤增氣」能源轉型計畫，二〇三〇年的電力配比，再生能源將占二七％～三〇％、火力發電降至七〇％（燃煤二〇％、燃氣五〇％）。雖然我們的綠電跟德國比起來還是偏低，但是相信隨著相關技術與政策愈來愈成熟，臺灣的離岸風電、太陽光電會持續成長，豐沛的地熱資源也將成為綠電的生力軍，能源轉型會逐漸加速。預估到二〇四〇年，總體再生能源占比有可能達到五〇％甚至超出預期。

換你想想看

- 德國為了應對能源危機，實施了哪些節能措施？請列出至少三項。
- 你了解臺灣的電力有哪些主要發電方式嗎？請說說看臺灣的能源問題，以及轉型方向。

非裔主演《小美人魚》，擁抱多元價值

達志影像／shutterstock

安徒生經典童話《小美人魚》多次被改編為卡通動畫，二〇二三年五月，迪士尼推出最新真人版《小美人魚》電影，全球票房憂喜參半：美國票房亮眼，臺灣上映時也登上週末新片票房冠軍，但是部分海外市場的票房並不理想。例如全球電影第二大市場中國，對《小美人魚》反應冷淡；同檔期的《蜘蛛人：穿越新宇宙》上映五天，票房一億四千多萬元人民幣；《小美人魚》上映五天，票房僅一千九百多萬元人民幣，主要原因在於小美人魚的膚色。

二〇一九年，迪士尼公布由非裔歌手荷莉貝利演出小美人魚愛麗兒，不少影迷很崩潰，認為小美人魚膚色不該是黑的，質疑電影公司基於「政治正確」讓黑膚色愛麗兒出現，破壞大家心目中的「小美人魚」，實在難以接受。

直到迪士尼釋出前導預告片，原本大量的網路負評，漸漸被非裔族群的歡樂和感動給融化了。美國非裔家長紛紛拍下女兒觀看預告片的反應：「天啊，竟然是黑膚色！」「那是愛麗兒？你確定是她？」「她長得好像我！」「棕色的愛麗兒很可愛！」一個個黑膚色的小女孩對「黑美人魚」的開心反應，在社群平臺上流傳，化解了爭議。對於非裔小女孩來說，她們終於在迪士尼公主的身上看到了自己，終於能夢想自己也是公主。對她們來說，這是大銀幕上遲來的公平啊。

過去，好萊塢以白人為中心，非裔、亞裔演員很難出頭；近年，好萊塢強調種族平權，有色人種演員常扮演重要角色，即使真人版「黑皮膚的愛麗兒」引起爭議，迪士尼仍堅持每種膚色的小女孩都值得成為迪士尼公主。

做為娛樂產業龍頭，迪士尼團隊也為早年有些影片內容不符多元平權而致歉，「我們無法改變過去，但我們可以坦誠面對，吸取教訓，創造一個今天可以夢想的明天。」這一次，迪士尼透過《小美人魚》撕下歧視標籤，雖然有噓聲，但是也得到掌聲。

你應該知道

「政治正確」是什麼？

這個詞最早出現在一九三〇年代，意思是「遵守政府立場」，配合政府的政策。隨著時代改變，現在通常是指在言辭、行為、政策等方面，保護或避免冒犯少數和弱勢族群；用「身心障礙者」取代「殘廢」；選舉設有「婦女保障名額」，確保女性參政權等等。

其實，「政治正確」未必能改變根本問題，甚至可能「矯枉過正」、犧牲其他人權益，例如美國保障非裔及拉丁裔學生入學名額，相對就可能犧牲了成績相同甚至更優秀的白人及亞裔學生。

聽主角&導演怎麼說

荷莉貝利接受媒體訪問表示，她演出愛麗兒，負面聲浪不斷，但家人鼓勵她：「你要知道這對我們、對我們的社群、對所有在你身上看到自己的黑人和棕色皮膚的小女孩有多大的影響。」導演馬歇爾說明他為何一路支持荷莉：「她結合了愛麗兒的精神、心靈、青春、純真和本質。」最重要的是荷莉試鏡時美妙且感情豐沛的歌聲，讓他感動落淚。

▲ 動畫版《小美人魚》裡的愛麗兒是紅頭髮、白皮膚。（達志影像）

▲真人版《小美人魚》膚色引起全球熱議。（達志影像）

迪士尼為從前製造刻板印象道歉

迪士尼故事一直都以白人為主，直到一九九〇年代起，才開始出現有色人種公主，包括《風中奇緣》的寶嘉康蒂、《花木蘭》、《阿拉丁》的茉莉公主、《公主與青蛙》的蒂安娜，以及二〇二一年出現的東南亞公主——《尋龍使者》的拉雅。

二〇一九年在串流媒體平臺Disney+推出後，《小飛象》、《小飛俠彼得潘》、《小姐與流氓》等片頭，都打出「過時的文化描繪」字樣，同時聲明：「該節目包含對人或對文化的負面描述（或虐待）。這些刻板印象在當時是錯誤的，現在也是錯誤的。」迪士尼為過去劇情製造的刻板印象以及違反當代價值而公開道歉。

尋龍使者》電影海報。（達志影像）

稱謂的政治正確是必要的嗎？

基於尊重，現在我們用「無家者」代替「流浪漢」，用「外籍移工」取代「外勞」。有人認為，如果只是改變稱呼方式，但是內心歧視不變，並無法改變那些人的處境。其實語言會影響行為，從語言改起，確實能帶動社會變得更有包容性。當我們用更中立、更尊重的方式稱呼人，就是盡一點力量，讓更多人感受到被尊重、被肯定。

童書也有「政治正確」的兩難

迪士尼為過去劇情道歉，其實童書也有類似狀況。翻翻早年出版的經典童書，也會看到帶有歧視意味的用語和內容。二〇二三年二月，一家英國出版社準備重新出版英國兒童文學作家羅德．達爾的作品，為了符合當代價值，出版社對文字加以潤飾，例如刪去「肥胖」、「醜陋」等負面用語，改採正面語詞替代，以避免冒犯讀者的性別、種族、體重。結果讀者對於新版本並不領情，甚至抗議。相形之下，迪士尼的處理方式比較好，維持經典影片的原貌，但是加註「免責聲明」，主動表明：「這個節目是按最初完成的方式呈現，它可能包含過時的文化描寫。」

漫畫來插嘴
1989年
三十四年後
你相信嗎？
他們居然找非裔演員來演小美人魚！
咦，好怪噢！
2023年
小美人魚應該要
一頭紅髮，皮膚白白的呀。
真的，
這種選角真的是毀了童年回憶耶!!
小美人魚是想像的生物耶，根本沒人規定她的皮膚是什麼顏色的！
我有看過預告片喔，演出小美人魚的荷莉貝利歌聲超級好聽！
我覺得給她演很適合呢。

觀察點

少年國際事務所報告

「這不是我心中的愛麗兒！」「我心中的小美人魚膚色應該是白的！」強烈的反面意見，未能改變迪士尼《小美人魚》電影選用非裔女主角。這件事的影響性，除了一時的票房之外，還有其他影響層面嗎？有！

觀察點❶

擁抱多元價值，很符合現實需要

迪士尼透過《小美人魚》真人電影，撕下歧視標籤，向多元、平等、尊重的普世價值靠攏。背後的原因，一方面是時代進步、觀念進步，一方面是現實考量。因為影視作品在串流平臺上是給世界各地的觀眾收看的，必須「去中心化」——美國電影不再以白人為典型、亞洲影劇也有更多跨國元素；擁抱多元價值，才能爭取更多觀眾啊。其實，不論《小美人魚》票房好不好，如果它成功破除了人們的意識型態，讓更多兒童接納黑皮膚的愛麗兒，理解每個人的審美觀、價值觀本來就可以不一樣，膚色和外貌不是最重要的事，就是功勞一件。

觀察點❷

審美觀改變，「非典型」也沒關係

除了迪士尼動畫主角展現不同外貌，另一個「決定什麼是標準美」的公司——玩具製造商美泰兒公司，也擁抱多元價值，讓芭比娃娃有各種樣子。以前，飄逸金髮、白皮膚、纖細腰肢，是芭比娃娃的標準造型；現在，美泰兒公司也發行不同造型的芭比，包含身材比較胖的、個頭嬌小的、不同膚色的、還有坐輪椅的，二〇二三年四月更推出有唐氏症特徵的芭比。可能有人會說：「都是在搞政治正確啦！」沒錯，但是毫無疑問，這些做法確實能讓不同特質的兒童，在與他自己相似的娃娃或主角身上，找到認同與自信。

▲多元多樣的芭比娃娃。（達志影像／shutterstock）

換你想想看

- 迪士尼的《小美人魚》真人版電影，為什麼有些人對選擇荷莉貝利出演愛麗兒提出了反對意見？請簡單說明原因。
- 在迪士尼早期的經典童書或電影中，會發現不少帶有歧視意味的用語或內容，近年迪士尼團隊為了符合當代價值而調整經營方向（例如由非裔演員荷莉貝利飾演小美人魚等），你有什麼看法呢？

博物館釋放「囚徒」，非洲文物回老家

法國凱布朗利博物館收藏了來自非洲、亞洲、大洋洲和美洲的文物。
（達志影像／ Alamy）

發生什麼事

世界知名博物館近年面臨一個重大議題，那就是「文物歸還」。英國大英博物館、法國羅浮宮博物館等重量級博物館，擁有大批來自世界各地、不同文化的精品文物，吸引了大量遊客。然而這些文物並非都是透過正常管道購買或接受捐贈而來，其中有些是殖民時期從殖民地掠奪來的，有些是趁他國動亂或利用對方的無知等不當手段取得的。凡是來源與手段有爭議的，都不免面臨應否歸還的爭議與實際追討行動。

多數追討文物的行動並不順利，不過，法國總統馬克宏二〇一七年當選不久後，便表示願意修正歷史錯誤，在五年內解決相關問題，儘早歸還殖民時期掠奪的非洲文物。

二〇二一年底，法國與西非國家貝南簽署協議，歸還十九世紀時搶奪來的二十六件文物，貝南總統塔隆和文化部長巴舍洛，親自前往巴黎帶回這批文物。

十九世紀時的貝南，叫做達荷美王國（Kingdom of Dahomey），被法軍攻入首都阿波美宮，搜刮二十六件文物，包括達荷美王國的國王寶座、王冠、人形木雕、祭壇等。

法國率先歸還非洲文物，使得歐洲博物館界一直抗拒「文物歸還」的立場開始鬆動。二〇二二年底，德國也把一批殖民時期掠

▲達荷美國王格雷雷（Glele）宮殿的門。（達志影像／美聯社）

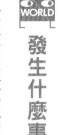

▶法國、貝南兩國正式簽署文物歸還的協定。（達志影像／美聯社）

奪的非洲銅器歸還給奈及利亞。德國外長貝爾伯克在歸還首批文物時表示：「拿走是錯的，不歸還也是錯的。」德國擁有的貝南銅器超過一千件，來源主要是英軍從貝南帝國掠奪來的。隨著第一批銅器歸還，其餘的將在二〇二六年奈及利亞「埃多西非美術館」完工之前回到老家。

半世紀以來，衣索比亞、奈及利亞、貝南等非洲國家，紛紛向法國等前西方殖民國家追討流失的珍貴文物，卻遭「已讀不回」，或是搬出「法律規定博物館藏品不可讓與」的理由拒絕。現在「第一張骨牌」被馬克宏推倒了，骨牌效應之下，歐洲各國跟進歸還。德國、比利時開始清點過往掠奪來的文物，準備交還非洲國家。衣索比亞陸續迎回一百五十年前被英軍掠奪、分散在英國、比利時和荷蘭的重要文物，包括皇冠、皇家盾牌等等。套用法國官方的說法：「非洲的文化遺產，將不再是歐洲博物館裡的囚徒。」

你應該知道

「文物歸還」的背後，是一部殖民統治的黑歷史。十五世紀到十七世紀的大航海時代，歐洲國家派出船隊到海上尋找貿易貨品和貿易夥伴，發現了從來沒有去過的國家，稱為「地理大發現」。對非洲來說，卻是悲慘的開始，土地被占領，資源被掠奪，人民被抓走成為奴隸，超過九成的文物被運走，四散在歐美國家。

西方殖民國家擁有較先進的科學知識與技術，一方面向海外擴張，進行經濟掠奪，一方面派出人類學家、博物學家、考古學家，挖掘自然資源及古文物，一船船運回母國，收藏於研究機構與博物館。透過經年累月的收藏，西方博物館於是成為人類文化遺產的重鎮，羅浮宮博物館與大英博物館就是代表。

▲希臘要求大英博物館歸還的帕德嫩神廟大理石雕像。（flickr／Carole Raddato）

文物歸還給誰很棘手

西方博物館歸還非洲文物，歸還對象是個棘手問題，因為非洲國家現在的邊界與殖民時期有很大落差，原本擁有這些文物的王國或部落現在已經消失，地理上可能分屬不同的現代國家。而許多非洲國家政局動盪，文物無法獲得妥善照顧，也成為西方國家不歸還文物的理由。種種因素，讓非洲文物回老家，成為一條漫漫長路。

希臘神廟石雕也是大英博物館囚徒

不僅非洲國家索討文物，就連奧運會的起源國希臘，也向英國要求「文物歸還」。二〇〇四年奧運會回到希臘首都雅典舉辦，在赫拉神殿點燃聖火的儀式充滿古希臘風情，是一次成功的國際行銷，希臘政府更藉機把文物歸還議題搬上國際舞臺，爭取國際認同，希望索回被「囚」在大英博物館、原屬於希臘帕德嫩神廟建築的大理石石雕，但至今尚未成功。

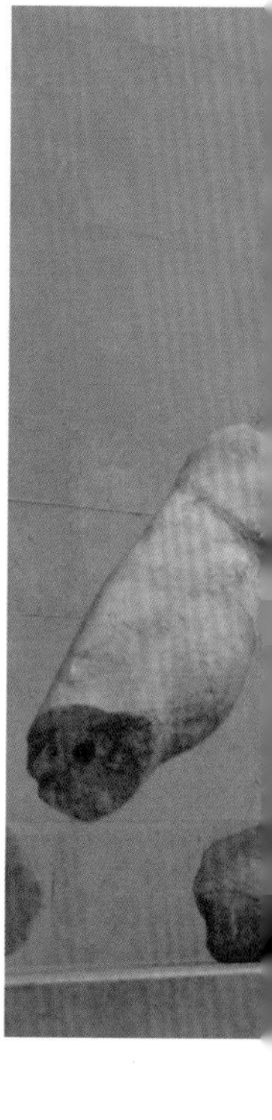

殖民VS.解殖

殖民，指的是國家以武力或經濟的力量侵占其他國家的領土，被占領的國家則被稱為「殖民地」，像是臺灣在一八九五年到一九四五年，就是日本的殖民地。而「解殖」就是被殖民的國家脫離被控制的狀態，成為獨立國家。但即使獨立，不論語言、文化各方面，還是會受殖民經驗影響。因此「解殖」是許多國家仍持續經歷的過程。拿回被殖民國掠奪的文物，也是解殖的一環。

列強掠奪文物的黑歷史

不僅非洲文物大量被掠奪，中國自一八四〇年鴉片戰爭後不斷遭列強入侵，掠走大量文物，尤其是一八六〇年英法聯軍洗劫圓明園，帶走許多珍貴文物，現在主要收藏在英國、法國的博物館。據聯合國教科文組織統計，約一百六十多萬件中國文物被掠奪，收藏在全球四十七家博物館，以大英博物館收藏數量最多，有兩萬多件，知名度最高的藏品有〈女史箴圖〉的唐代摹本、商周青銅器和大批敦煌文物。

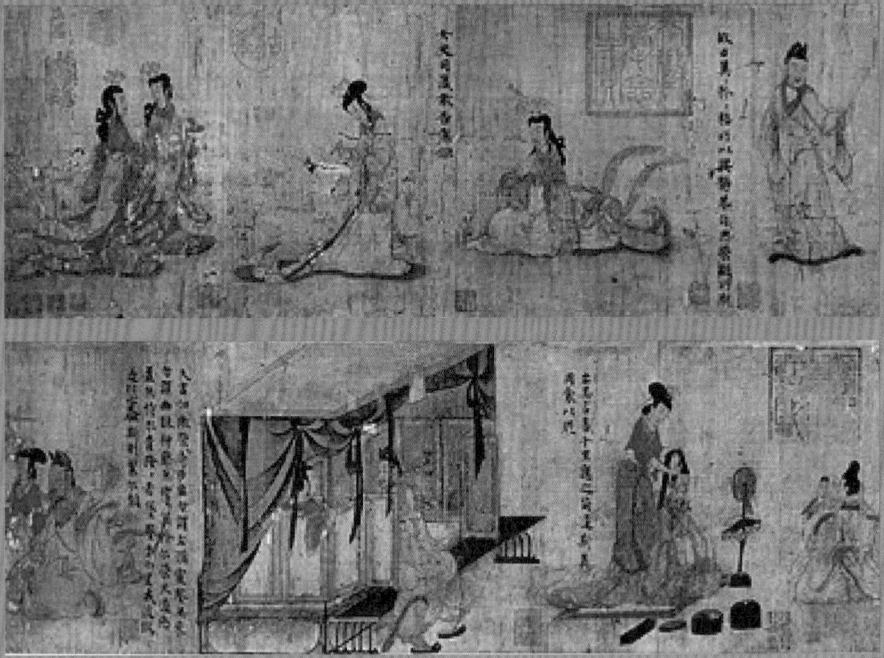

▲〈女史箴圖〉摹本，相傳是晉代顧愷之的作品，此畫是現存已知的最早的中國畫長卷，現藏於英國倫敦大英博物館。（Wikimedia Commons）

漫畫來插嘴
埃及位於非洲北部，身為文明古國，
也有非常多文物流落在歐美國家。
羅塞塔石碑是一個有超過兩千年歷史的石碑，上頭刻了三種不同的語言，
讓當代的考古學家能夠對照語言，破解出埃及象形文。
這塊重要的石碑，在一七九九年被法軍取得，接著輾轉來到英國，目前展示在大英博物館中。
欸？
刻了好多字，是什麼東西？
多年來，埃及始終希望大英博物館歸還羅塞塔石碑。
讓石碑回到它的歸屬地吧！
拜託啦
羅塞塔石碑是我們的鎮館之寶！怎麼可能還你！
哼

觀察點

少年國際事務所報告

「文物歸還」算是世界大事嗎？是的，它確實是世界各大博物館的大事，也是全球文化界的大事。我們每一個人都是博物館的使用者，也是本國文化的傳承者，可以一起來想想：搶來的文物「不歸還」的理由是否合理？對於被掠奪的國家來說，歸還原本屬於他們的文化財產，為什麼很重要？除了「還」與「不還」，還有沒有其他選項呢？

觀察點❶

「不還」的理由是否合理？

大英博物館始終堅持「不還」，因為英國曾是世界最強的殖民帝國，許多館藏禁不起「正當性」、「道德性」的檢驗，茲事體大。其他「能不還就不還」的西方博物館也有一堆理由，例如：非洲文化也是世界文化的一部分，不應在西方博物館缺席。又說，文物是人類共同的資產，西方博物館的收藏環境和研究水準都比較高，所以文物留在西方博物館比較好。這些「不還」的理由與觀點，不是完全沒道理。

然而，文物雖是全人類的資產，但是脫離了原屬地，也就使得文物與它原屬地共同構成的文化傳承因此斷裂了。例如敦煌壁畫與石窟環境是一體的，共同構成它的文化價值；把壁畫切下取走，破壞了文物原址，降低了文物價值，也割裂了文物與它原生環境的關係。畢竟有些文物並不應該住在博物館裡。

觀察點❷

為什麼爭取文化財產歸還很重要？

一個國家的文物大量流失，會造成文化斷裂，所以聯合國也主張「在起源地保護文化財產」，建議文物回歸原址，維護文化的完整性與主體性。

觀察點❸

「還」或「不還」，還有其他選項嗎？

確實還有其他選項。例如：德國政府同意歸還非洲文物給奈及利亞，但必須由收藏文物的多個博物館各自進行，過程恐怕會很漫長，所以就有了權宜做法：先將文物所有權轉讓給奈及利亞，由德國館方暫以「借展」名義展出。法國前文化部長也曾提出，還可以有「借展、長期存放、展覽、博物館專業交流」等方式，與非洲博物館合作，讓藝術品能夠流通。

換你想想看

- 你能夠分別從「占有國」以及「被占有國」的角度，來說說看你對於文物歸還的主張與理由嗎？
- 文物歸還除了涉及歷史和文化問題，還有哪些因素可能影響文物歸還的決策？

6

全球民主指數，臺灣獲得高分排名前 10

WORLD

發生什麼事

如何才能知道一個國家的民主程度呢？透過評比，可以得到清晰的答案。

英國「經濟學人資訊社」（EIU）在二〇二三年二月公布一年一度的《民主指數報告》，針對世界一百六十七個國家或地區，二〇二二年的民主狀況進行評比，按照分數從高到低，分為「完全民主」、「有瑕疵的民主」、「混和政權」和「獨裁政權」（畢竟政治現實很複雜，並非黑白分明的只有民主和獨裁）。透過評比所呈現的民主指數，可以知道哪個國家處於中間地帶，哪個國家愈來愈接近完全民主，哪個國家愈來愈退回獨裁。

臺灣民主指數在 167 個國家地區中排名第十，在亞洲排名第一。
（unsplash ／ Vas）

這份報告顯示，全球最民主的十個國家分別是：挪威、紐西蘭、冰島、瑞典、芬蘭、丹麥、瑞士、愛爾蘭、荷蘭和臺灣；最不民主的五個國家分別是：阿富汗、緬甸、北韓、中非共和國、敘利亞。排行第一名的挪威得到九．八一分，最後一名的阿富汗僅得到〇．三二分，臺灣這次評比獲得八．九九高分，排名全球第十；日本、南韓分別是十六名、二十四名。臺灣民主指數在一百六十七個國家地區中排名第十，在亞洲排名第一。臺灣也是全亞洲唯一擠進前十名的「全面民主」（Full democracy）國家，名列亞洲第一，值得自豪。

至於全球平均分數，從二〇二一年的五．二八，微升到五．二九，幾乎沒有改變；原因主要是各國因新冠肺炎疫情而實施管制措施，造成民主程度下滑。隨著各國解除防疫管制，民主指數略有回升，但是俄烏戰爭又對民主世界帶來極大的挑戰。俄羅斯發動戰爭侵略烏克蘭，企圖擴張勢力範圍，並且加強鎮壓國內媒體及反對派，導致民主排名大跌至第一百四十六名。而二〇二一年排名第一百四十八名的中國，之前實施的清零政策和嚴厲封城措施，對評分造成影響，民主指數下降，得分只有一．九四，排名第一百五十六。

民主指數怎麼算？

英國「經濟學人資訊社」評比的民主指數，共分五個項目：

1. 選舉過程及多元化。
2. 政府運作。
3. 政治參與。
4. 民主政治文化。
5. 公民自由。

每個指標最高十分，最低〇分，最後再將指標加起來平均，得到八分以上的，就是「完全民主」，六到八分是「有瑕疵的民主」，四到六分是「混和政權」，而「獨裁政權」是只得到四分以下的國家。

還有一個值得關注的地區是香港，排名跌至八十八名，民主指數淪為二〇〇六年有紀錄以來最低，這反映出香港實施《港區國安法》之後民主沉淪，比戰爭中的烏克蘭（八十七名）還低，甚至不如利比亞（八十六名）。而香港的長期競爭對手新加坡則排名第七十；就連存在鞭刑的新加坡，民主指數也高過香港。

香港主權移交二十五年——民主、人權、自由大倒退

香港民主自由倒退事件簿

- 愛國者治港
- 否定「三權分立」
- 警暴「反送中」
- 取消人權新聞獎
- 《蘋果日報》停刊
- 國安教育
- 紀念天安門事件成禁忌
- 未審先囚
- 《港區國安法》
- 抗議者被捕、入獄

▼香港主權移交歷經二十五年，「五十年不變」的「一國兩制」名存實亡。（flickr／Studio Incendo）

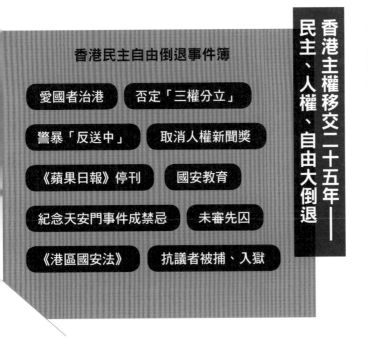

你應該知道

全世界生活在民主體制下（含完全民主與有瑕疵的民主）的人，占世界人口不到一半，其中生活在「全面民主」的人口比例更少，只有八%。另一方面，全世界有五十九國人民生活在專制體制下，而專制中的專制國家，也就是民主倒數三名的國家，分別是阿富汗、緬甸、北韓。

＊阿富汗

在二〇二〇年由塔利班全面占領之後，全然摒棄民主，以伊斯蘭教法治理國家，女性無法受教育和工作，民主和自由已成奢談。

＊緬甸

在二〇二一年發生軍事政變之後，民主領袖翁山蘇姬遭到軟禁，軍方強力鎮壓抗議民眾，至今已經殺害將近三千人，逮捕超過一萬五千人。

金日成（左）、金正日（右）被尊為「北韓永遠的首領」。（Wikimedia Commons／Bjørn Christian Tørrissen）

*北韓

北韓一直是民主指數敬陪末座的國家，自一九四五年結束日本殖民之後，由金氏家族祖孫三代掌權——金日成、金正日、金正恩。北韓人民的言論自由被強烈壓制，絕對不允許批評政府，政府也嚴格限制外國的任何訊息流入北韓。外國人就算有機會進入，也只能到政府限定的區域，這使得北韓成為地球上最封閉也最神祕的國家。

▶俄羅斯與中國這兩個共產國家，由強人獨裁統治，民主指數殿後。上圖：中國國家主席習近平。下圖：俄羅斯總統普丁。（達志影像／路透社、Wikimedia Commons／The Presidential Press and Information Office）

*俄羅斯

排名退步最多的國家，從第一百二十四名跌落到一百四十六名，最主要是因為入侵烏克蘭之後，總統普丁持續打壓境內的反對派和媒體，排斥所有反對意見。

*布吉納法索

這個西非國家因為極端伊斯蘭主義分子不斷發動恐怖攻擊，超過百萬人流離失所，二〇二二年更在八個月內兩度爆發軍事政變，國家陷入混亂，民主排名下降十六名，排名一百二十七。

*海地

位於加勒比海的海地，在二〇二一年總統摩依士遭到暗殺之後，陷入政治動盪。民主排名下降十六名，排名一百三十五。

▲在喀布爾街頭的塔利班武裝人員。（Wikimedia Commons／Voice of America News）

民主的基本原則

民主（Democracy）一詞源於希臘字demos，意為人民。在民主體制下，人民擁有超越立法者和政府的最高主權。各個民主政體之間雖然存在細微差異，但是政府的運作方式仍以民主的基本原則為依歸，包括：

- 民主是由全體公民直接或透過他們自由選出的代表，行使權力和公民責任。
- 民主是保護人類自由的一系列原則和行為方式；它是自由的體制化表現。
- 民主是以多數決定、同時尊重個人與少數人的權利為原則。民主國家在尊重多數人意願的同時，也保護個人與少數群體的基本權利。
- 民主國家不使中央政府獨攬權力，會授權給地方政府，回應人民的要求。
- 民主政府的首要職能是保護言論和宗教自由等基本人權，保護法律面前人人平等的權利，保護人們組織和充份參與社會政治、經濟和文化生活的機會。
- 民主國家定期舉行全體公民參與的自由和公正的選舉。
- 在民主國家，公民不僅享有權利，而且負有參與政治體制的責任。
- 民主社會奉行容忍、合作和妥協的價值觀念。民主國家認識到，達成共識需要妥協，而且時常無法達成共識。

▲ 美國藝術家諾曼・洛克威爾於 1943 年創作，由左至右分別為〈言論自由〉、〈信仰自由〉、〈免於匱乏的自由〉、〈免於恐懼的自由〉。（Wikimedia Commons）

漫畫來插嘴
投票日當天
投票所
啊——
投票好麻煩！
我們是一個民主國家，投票就是讓人民作主的一個方式！
好想乾脆讓一個人當國王，
讓他決定所有事情就好！
你確定嗎？
如果他討厭狗，禁止大家養狗怎麼辦？
怎麼可以！
那我要發起抗議！
那如果這個國王禁止大家抗議呢？
那……
我還是乖乖來投票好了。
雖然覺得投票很麻煩，
但能夠表達意見，選出一個自己認同的候選人，就是讓我們的國家愈來愈好的方式呀！

觀察點

少年國際事務所報告

民主、自由、人權、法治，是生而為人都該享有的普世價值。但並不是每個國家都和我們一樣重視並且努力實踐這些普世價值。我們對於國際事務的認知，不妨從這些基本價值的層面開始了解，建構我們立足臺灣、放眼世界的基本國際觀。

觀察點❶ 民主不完美但是值得守護

民主並不能保證社會一定富裕、人民都能過上幸福生活。印度是民主國家，但仍有數億貧窮人口；產油國沙烏地阿拉伯十分富裕，提供人民各種福利，卻不民主，國王擁有絕對的權力。民主不完美，也有種種問題，但是民主讓人民有表達意見的自由，有選舉的自由，受到法治保障。即便不完美，至少民主讓人們有機會改善。因此，民主雖然未必是最好的制度，但的確是目前最能讓多數人幸福的制度，值得守護。

觀察點❷ 愈不民主，愈沒有新聞自由

媒體是否享有新聞自由，也是民主的重要指標。媒體被稱為「第四權」，指的是在立法、行政與司法這三權之外的第四種權力，是一股從外部來監督政府的力量。愈民主的國家，新聞自由度愈高；愈獨裁的國家，對媒體的控管愈嚴，把媒體變成傳聲筒！

無國界記者組織，每年會進行新聞自由度調查，發布《世界新聞自由指數報告》，除了評分之外，也將新聞自由度分為「良好」、「滿意」、「有顯著問題」、「情況艱難」和「非常糟糕」等級別。臺灣排名第三十八，領先日本、南韓，是亞洲第一名。不過，臺灣雖然享有非常充分的言論自由，但媒體多由財團掌控，有時還是會受到各方勢力的操控，只屬於「滿意」級別。

在民主指數拿低分的北韓、伊朗、俄羅斯、中國等國家，新聞自由指數也都拿低分，通通屬於「非常糟糕」的級別。

換你想想看

- 請說明英國《經濟學人資訊社》民主指數是什麼？評比項目有哪些呢？
- 請說明「為什麼新聞自由被視為民主的重要指標」？請舉出例子來支持你的想法。

頭巾抗爭，掀開伊斯蘭世界性別不平等

伊朗一名二十二歲的庫德族女子阿米尼，二〇二二年九月因為頭巾沒有戴緊、露出了一些髮絲，竟被道德警察拘留並且暴力毆打致死，引發民眾大規模抗議，演變為一場「頭巾抗爭」。雖然伊朗政府宣布取消道德警察，但是沒能消除人民的怒火，連月示威，當局也毫不留情的鎮壓，造成多人死亡，大量示威者被捕，甚至有人被處決。

沒想到二〇二三年七月中旬，伊朗當局竟然宣布道德警察將重返街頭，取締不遵守服儀規定、違規的女性；拒絕服從者將移交司法處置。伊朗警方表示，新的執法行動是應高層領導人要求，有助「社會團結」、「加強家庭結構」、「回應大眾呼籲」。這是伊朗政府針對「頭巾抗爭」的最新強硬態度。

阿米尼之死引發一場「頭巾抗爭」。（達志影像／路透社）

其實在這個新政策發布之前，伊朗已經開始對違反頭巾規定的女性實施更多懲罰花招。一名婦女在開車時頭巾滑落，被判處「清洗屍體」一個月；一名女演員去參加喪禮時戴了帽子而非頭巾，被法院懲罰她上心理課程一個月。可能是因為阿米尼喪生滿週年的時間到了，伊朗當局擔心出現新一波抗爭，因此搶先出招，又讓道德警察出來鎮壓。

自從「頭巾抗爭」爆發後，許多伊朗女性開始不穿長袍、不戴頭巾。為遏制這股風潮，當局在公共場所和街道加裝監視器，以便辨識未戴頭巾的女性身分、加以懲罰。儘管當局不遺餘力的打壓，不畏打壓、挺身而出的勇敢女性仍大有人在，包括曾獲奧斯卡最佳外語片的伊朗影后塔蘭妮阿莉多絲蒂，她在社群平臺聲援「頭巾抗爭」而一度被拘留；攀岩選手雷卡比，在南韓出賽時拒戴頭巾，回國受到英雄式歡迎卻被迫道歉；擁有西洋棋國際大師（IM）和女子特級大師（WGM）頭銜的伊朗棋后哈丹，拒戴頭巾出賽，伊朗對她發出逮捕令，迫使她流亡西班牙。

伊朗宣布道德警察將重返街頭後，外國媒體在首都德黑蘭街頭訪問民眾，一名女性態度堅定的表示，「政府應該知道自己贏不了這場戰爭。女人才不怕他們。」一名經商的男性坦言，由於伊朗發展核武遭受美國制裁，經濟低迷，政府沒有能力處理好經濟問題，卻恢復道德警察，「只會讓人民更火大」。

因「頭巾抗爭」流亡的棋后

伊朗棋后哈丹表示，當她看到女性同胞勇敢走上街頭，她能做的事，就是不戴頭巾出賽以示支持。哈丹的丈夫也認同她的決定。就在她收到西班牙總理桑傑士邀請她會面的同一天，她也收到伊朗發出對她的逮捕令。她說：「我締造了許多成就，在西班牙備受讚譽，自己的國家給我的卻是一張逮捕令。」伊朗規定女性在公共場所必須戴頭巾，即使在國外也須遵守。其實伊朗傳統文化對女性戴頭巾，是有包容性的，強制戴頭巾，是伊朗革命後宗教政府祭出的硬性規定。

▶伊朗攀岩選手雷比卡，在南韓出賽時拒戴頭巾，回國時受到英雄式歡迎，卻被迫道歉。圖為美國加州聲援雷比卡的廣告牆。（達志影像）

▲恢復道德警察後，德黑蘭街上仍可看到未戴頭巾的女性。
（達志影像／路透社）

名詞解釋 | 道德警察

伊朗在 **1979** 年發生革命，推翻君主制，成立伊斯蘭共和國，此後就有道德警察（**muttawa**，穆塔韋），名稱因時空背景不同而變，有時稱為道德警察或宗教警察，最新名稱是「指導巡邏隊」。他們有權使用武器，設有看守所和「再教育中心」這類機構。

你應該知道

伊朗曾經很西化開放

有一段時期伊朗曾經相當西化，而且是伊斯蘭世界中最西化而開放的國家，那是一九二五年到一九七九年，伊朗由西方國家扶植的巴勒維王朝統治，巴勒維王朝為了促進西化，甚至在一九三六年禁止女性戴頭巾。一九七九年以前的伊朗街頭，到處可見穿短裙、牛仔褲的女性。

▲1950 年代的伊朗女性。（Wikimedia Commons／Nevit Dilmen）

後來巴勒維王朝因貪腐、壓迫異議者等問題，於一九七九年被推翻，由宗教領袖何梅尼成立伊朗伊斯蘭共和國，何梅尼同時擔任宗教領袖和國家元首。此後伊朗人民的生活並沒有變得更好，反而處處受到伊斯蘭教嚴厲規範，學生在學校必須接受宗教教育，女性地位遭到貶低，生活中充斥著無所不管的道德警察……這就是頭巾革命的歷史脈絡。

現在女權被剝奪打壓

庫德族女子阿米尼之死，引發大規模抗議浪潮，進而上升為要求結束伊朗神職政權統治，這是一九七九年革命以來伊朗政權面臨的最大挑戰。伊朗至今已處決多名抗議民眾，包括兩名未成年青少年，引起西方國家呼籲「立即終止對自己的人民施加暴力」。

伊朗女性遭到束縛與壓迫，讓人想到中東另一個伊斯蘭政權——阿富汗塔利班政權。二〇二一年八月，美國撤出阿富汗之後，伊斯蘭極端組織塔利班控制了阿富汗，排除女性參政和受教育的權利，禁止大部分女性出門工作和參與活動。只有少數勇敢的女性持續發出不平之鳴，爭取阿富汗女性應有的工作權和受教權。少年小說《戰火下的小花》（改編動畫入圍奧斯卡金像獎最佳動畫，臺

▲一九六三年伊朗女性首次參與投票。（Wikimedia Commons）

灣有出版文字版與圖像版小說），就是以塔利班政權統治下的阿富汗為背景，寫一個女孩為了養家，不得不剪去長髮、假扮男孩冒險外出打工的經歷。

爭取平權VS.威權暴力

自一九七九年以來，伊朗女性持續反抗強制要求戴頭巾、穿寬鬆長袍以掩藏身體的法律，但幾乎毫無效果。英國媒體報導，伊朗軍方為鎮壓抗爭，「差別化攻擊」女性示威者，故意朝她們的臉部、胸部及下體開槍。受訪的多名醫護人員向該媒體表示，他們發現女性示威者的傷口與男性不同，男性示威者通常中彈部位為腿部、臀部和背部。一名醫生認為，當局對男性和女性示威者的差別攻擊，是「因為他們想摧毀這些女性的美麗」。

觀察點

少年國際事務所報告

我們對伊斯蘭世界比較陌生，可能沒有特別注意「頭巾抗爭」事件。「頭巾抗爭」事件的本質是歧視女性、壓迫女性，導致女性反抗、爭取權益。而「平權」議題是大家普遍關心的，「頭巾抗爭」在爭取平權方面，確實有很多可供觀察與討論的角度。

觀察點❶ 女權長期被壓抑

伊朗女性被男性掌控的父權社會壓迫已經很久了，但是時代畢竟不同了，新世代的女性，對於不合理的壓迫以及不人道的暴力對待，不願意再默默承受。阿米尼無辜喪生，使得被壓抑已久的女權意識大爆發，伊朗女性走上街頭，焚燒頭巾表達憤怒，要求政府廢除對女性服裝的規定。而且「頭巾抗爭」群眾年齡普遍年輕化，據估計平均僅有十五歲，顯示新世代女性，比她們母親或祖母那一代，更勇於爭取權益。

觀察點❷ 新世代女力大爆發

「頭巾抗爭」運動其實已升級為更全面的女權運動，不僅是反抗戴頭巾而已。一位參與抗爭的女性藝術家和她的朋友們不僅燒掉了頭巾，還剪了長髮，甚至剃了光頭。「對頭巾說不，對壓迫說不，只要平權。」「我們希望被聽到。」「我們沒有領袖。在這場運動裡，每個人都是領導者。」其實她們的訴求在我們看來相當「正常」，像是：可以讀大學和出國旅行、可以從事體面的工作、享有法治、可以在各領域發揮重要作用、可以擁有說話與穿衣自由、可以去想去的商店……。然而，她們為了爭取這些權益，卻必須以鮮血甚至生命做為代價。這些伊斯蘭世界的新世代女性，正透過「頭巾抗爭」運動，告訴父權社會以及全世界：「你無法控制我，也無法用我的頭髮來定義我。」這是一股不能忽視的女性力量。

伊朗女性——《時代雜誌》「年度英雄」

具有影響力的美國媒體《時代雜誌》，將「二〇二二年度英雄」頒給伊朗女性，向勇敢挑戰伊朗政權的女性致敬。專欄作家莫阿維尼（**Azadeh Moaveni**）撰文說明伊朗這波抗議風潮的來龍去脈，並指出這場由年輕女性起義、主導的抗爭運動旗幟鮮明，而且影響可能擴及周邊地區，包括對女性施暴情形普遍的鄰國伊拉克和阿富汗。

換你想想看

- 二〇二二伊朗「頭巾抗爭」發生的起因為何？
- 男性掌握的父權社會裡，女性長期受到不公平、不合理的對待。你是否同意，很多權利是靠爭取而來的？未來當你遇到不公正的事情，你會怎麼做？

2024 巴黎奧運亮點：創新．減碳．霹靂舞

3 良好健康與福祉
5 性別平等
6 潔淨水與衛生
7 可負擔的潔淨能源
10 減少不平等
11 永續城鄉
12 責任消費及生產
13 氣候行動
16 和平、正義與健全制度
17 多元夥伴關係

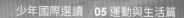

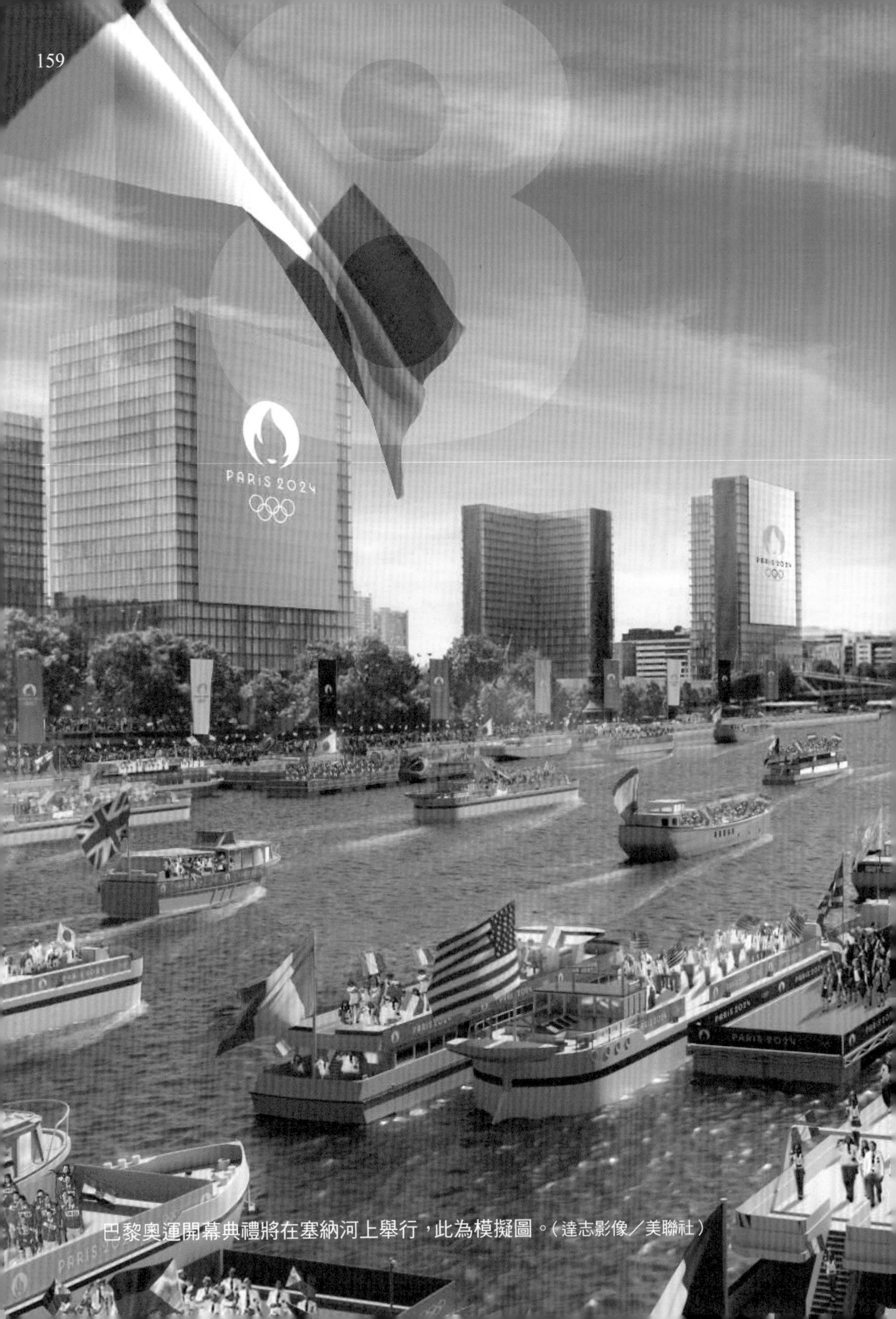

巴黎奧運開幕典禮將在塞納河上舉行，此為模擬圖。（達志影像／美聯社）

WORLD

發生什麼事

第三十三屆夏季奧林匹克運動會在法國巴黎舉行（二〇二四年七月二十七日至八月十一日），約有兩百個國家地區、上萬名運動員參與。這次的巴黎奧運會朝三個方向規畫：精簡賽事、性別平等、關注年輕人需求。被精簡取消的項目是棒球、壘球、空手道、男子五十公里競步；為貼近年輕人而新增的項目是：霹靂舞、滑板、競技攀岩、衝浪。

主辦國希望能為世人創造一次特別難忘的回憶，因此全力打造各種亮點，這裡就舉三個例子來說說。亮點一：水上開幕式別開生面！以往開幕式由各國代表團舉旗入場，這次別出心裁的將開幕式安排在塞納河上舉行，各國代表團乘船出場！數十艘載著各國隊伍的船隻，浩浩蕩蕩行經巴黎著名景點羅浮宮、聖母院、艾菲爾鐵塔……全程六公里。亮點二：引進德國最新研發的「飛天車」，

▲巴黎奧運開幕式模擬圖。（達志影像）

規畫出五條空中路線，供飛天車馳騁，紓解交通並提升運量；其中一條路線從戴高樂機場直通選手村。亮點三：全面落實節能減碳並嚴格控管碳排放，以「排碳量比倫敦奧運減少五五%」、「成為首屆完全符合《巴黎氣候協議》的奧運會」為目標。在減碳目標下，避免大興土木，九五%場地是現成或臨時場館；專為奧運興建的僅有選手村及水上運動中心，坐落在巴黎北部聖丹尼區，以綠建築理念建造，並於奧運結束後提供民間使用（五〇%的巴黎小孩因為住在內陸所以不會游泳，巴黎市民確實很需要一個水上運動中心），符合永續原則，不會淪為「蚊子館」。

巴黎奧運會亮點雖多，但也還有些難題需要克服。巴黎是個歷史悠久的城市，公共空間與設施不免老舊，例如塞納河需要整治，地鐵的無障礙設施也需要改善！塞納河長期汙染嚴重，百年來禁止民眾下水；這次為了辦好奧運，投入十四億歐元整治，等奧運會結束後就能重新開放給民眾親水！至於百餘年前建造的巴黎地鐵，三〇九站之中只有十三站是身障友善。二〇一二年舉辦奧運的英國倫敦，三分之一地鐵站有無障礙坡道；二〇二一年舉辦奧運的日本東京，九成以上地鐵站、火車站便利輪椅通行；相形之下，巴黎地鐵必須急起直追。一旦克服這些難題，巴黎也將因為這場奧運會，而蛻變成為一個更友善、更美好的城市。

▲整治塞納河的工程之一，政府將在地下建造大水池，以防汙水處理系統因暴雨而無法負荷，直接流進塞納河。（達志影像／路透社）

你應該知道

巴黎奧運會徽設計

奧運的象徵是五個互扣的環圈，象徵五大洲友好團結。每一屆主辦國也會另外設計該屆獨特的會徽。巴黎奧運會徽設計，結合奧運聖火、金牌以及「瑪麗安娜」。瑪麗安娜是擬人化的法國自由女神象徵，從郵票到巴黎共和廣場雕像，都有瑪麗安娜的身影。巴黎曾經在一九〇〇年、一九二四年兩度舉辦奧運；一九〇〇年的奧運，是首次有女性運動員參加的重要里程碑；時隔一百年後第三度舉辦奧運，再次以瑪麗安娜彰顯女性，呼應性別平權。

▲巴黎奧運會徽（達志影像／歐新社）

夏奧、冬奧、帕奧

奧林匹克運動會通常在冬季和夏季舉辦，簡稱為夏奧、冬奧。夏季奧運會規模較大，通常直接稱為奧運會。冬奧、夏奧以相隔兩年的方式交替舉行；例如二〇二四年夏奧在法國巴黎舉行，冬奧就於二〇二六年舉行（主辦地點是義大利米蘭市和近郊滑雪勝地柯蒂納戴比索），接著，二〇二八年夏奧在美國洛杉磯舉行。

臺灣因為氣候關係，缺乏冬奧的訓練場地，以參加夏奧為主，但二〇二二年北京奧運，臺灣也有四位選手參加競速滑冰、雪橇、高山滑雪等項目。

▲法國自由女神——瑪麗安娜。
（Wikimedia Commons／Cobber17）

奧運閉幕後一個月內，在同一個城市接著舉辦「帕拉林匹克運動會」（簡稱帕奧），這是為身心障礙者舉辦的賽事。第一屆帕奧在義大利羅馬舉行（一九六〇年），當時有二十三個國家、四百多名運動員參加；到了上一屆東京帕奧（二〇二一年），已有一百六十三個國家地區、近四千五百名運動員參加。

▲巴黎奧運官方公布運動項目圖標，包含帕運共有六十二個圖標，以對稱軸為設計概念，風格俐落，相當優雅時尚，獲得一致好評。（達志影像／美聯社）

▲巴黎奧運的吉祥物「弗里吉」，靈感來自「弗里吉亞帽」，古代被解放的奴隸會戴這種帽子，法國大革命時老百姓紛紛戴上它，迄今它仍是代表法國自由精神的象徵。（達志影像）

霹靂舞的起源與競賽方式

霹靂舞（Breaking）源於一九七〇年代紐約街頭，青少年遇到紛爭就用尬舞來一較高下。本屆奧運納入霹靂舞競賽，把街頭興起的舞蹈引進奧運殿堂，讓霹靂舞者首度以運動員身分登場，預料將會帶動街舞熱潮。而臺灣舞者陳柏均對霹靂舞被納入奧運也有幕後的貢獻。奧運會的霹靂舞賽制，不採計分制，而是投票制。全球頂尖的十六名 B-Boy 和十六名 B-Girl，分為男子、女子組，以單人淘汰賽方式對決；評審委員在每輪一對一對戰結束後提交選票，由每輪得票最高的舞者勝出。

▲霹靂舞奧運資格賽。（© Alan Chi）

漫畫來插嘴
希臘是奧運會的發源地，歷史上第一屆奧運是在西元前七七六年舉辦的。
我要為我的城邦爭光！
當時的運動員是全裸參賽
禁
古代奧林匹克運動會，在西元三九三年停辦。
西元一八七五年
哎唷，考古學家在希臘挖掘到奧運會的文物……
真希望奧運能再次舉辦呀！
法國 皮耶．德．古柏坦 男爵
News
News
發現古代奧林匹克遺跡!!
西元一八九二年，古柏坦發表了一場歷史性的演講。
我認為可以再次重新舉辦奧林匹克運動會！
除了可以刺激體育發展，人們也可以透過比賽學習彼此團結！
喔喔喔喔
在古柏坦的推動之下，現代第一屆奧運，一八九六年在雅典舉辦。
啊，好感動啊！

觀察點

少年國際事務所報告

二〇二四年巴黎奧運會，除了各項賽事以及諸多亮點值得關注，另有兩大觀察點。

觀察點❶ 傳遞永續與平權價值

大眾對奧運會的關注，往往集中在觀賞比賽以及誰是金牌得主，其實主辦國的理念、創意、執行力也很值得關注。法國主辦本屆奧運強調環保與永續，盡量減少新建館場，八五%的比賽場館距離奧運村不到三十分鐘，選手乘坐零排放車輛往返，省時又減碳。設計「可拆式獎牌」，呼應官方口號「Made For Sharing」。此外也特別重視兩性平權，由近年在殘障奧運獲得多面獎牌的女性運動員瑪麗．阿梅莉．勒富爾擔任本屆聯席主席。這些創舉背後的理念，便是希望藉奧運吸引全球目光的機會，向全世界傳遞環境永續與性別平權的重要價值。

觀察點❷ 發揚追求和平的精神

俄羅斯入侵烏克蘭，導致烏克蘭抵制俄羅斯及其支持者白俄羅斯參賽。俄羅斯和白俄羅斯能否以國家隊的身分參加巴黎奧運會，觀察指標是「會不會收到國際奧委會發出的正式邀請」。根據慣例，國際奧委會在奧運會開幕一年前，對世界兩百多支國家隊發出參賽邀請。二〇二三年七月十三日結果揭曉，國際奧委會表示已對兩百零三個國家、地區正式發函邀請，但是沒有邀請俄羅斯和白俄羅斯。

或許有人會問：「不是應該政治歸政治、體育歸體育嗎？」話雖沒錯，但是俄國入侵烏克蘭，造成烏克蘭蒙受莫大苦難，已不是透過談判、協商能夠化解的政治問題，而是涉及破壞主權以及觸犯國際法的戰爭罪行。這場戰爭不但損害烏克蘭的國家主權、侵害烏克蘭人民的人權，嚴重破壞國際間既有的安定秩序，也發生違反國際法的戰爭罪行。奧委會將破壞國際秩序的成員拒於門外，算是秉持奧運一貫追求世界和平的精神，符合國際會社正義。

換你想想看

- 二〇二四年巴黎奧運會有哪些改變和創新？
- 二〇二四年巴黎奧運會，俄羅斯和白俄羅斯被禁賽，你贊成嗎？這兩國選手，還是被允許以個人身分參賽，你覺得是不是對運動員的合理保障呢？

大谷翔平，MLB 百年一遇「二刀流」

投打俱優的「二刀流」大谷翔平。
（達志影像、flickr／Erik Drost）

WORLD

發生什麼事

日籍棒球選手大谷翔平（Shohei Ohtani）是日本岩手縣出身的棒球選手。他在就讀岩手縣花卷東高中時嶄露頭角，畢業後於二〇一三年加入日本職棒的北海道火腿鬥士隊，開啟職棒生涯，二〇一六年投出日職最快球速紀錄的165km/h快速球（這也是當前日籍投手的最快球速紀錄）。二〇一八年他被美國職棒大聯盟（MLB）球隊延攬，加入洛杉磯天使隊，不僅成為天使隊的王牌投手，也是聯盟全壘打王，年年締造驚人紀錄，被譽為百年難得一遇的棒球奇才，以及投打俱優的「二刀流」（日文用語，原指「能夠雙手持刀的武士劍法」，這裡形容在棒球領域能投又能打）。

二〇二三年五月，大谷在大聯盟第五年的第四百五十九場比賽中，達成一百支全壘打的里程碑，是最快達成大聯盟生涯百轟的日籍球員。緊接著，大谷又投出大聯盟生涯第五百次三振，是大聯盟史上第二人（第一人是美國「棒球之神」貝比魯斯）。同年六月，他在第六百三十七場比賽中達成一百五十轟，而且他的全壘打動輒超過四百二十英尺，相當於一百二十八公尺以上。

二〇二三年八月的一場比賽中，大谷先是投出加入大聯盟以來的第一場完封勝，同日第二戰又擊出全壘打，締造大聯盟前所未有的紀錄：在雙重賽一日兩戰中，一場比賽完封、另一場比賽敲出全壘打。他的好表現令人難以置信，美國媒體誇他是「地表最強球員」。

就在大谷於二〇二三年八月寫下新紀錄的同時，日本正舉行第一〇五屆全國高中棒球錦標賽（夏季甲子園），大谷不忘為正在夏季甲子園奮戰的母校花卷東高校學弟加油打氣，也為夏季甲子園其他參賽隊伍選手加油，希望所有選手都能不留遺憾的奮戰，展現他善良、溫暖的人格特質。

大谷翔平享譽國際，被日本人視為國民英雄，日本政府打算頒贈「國民榮譽賞」給他，他卻謙遜婉拒，表示自己還太年輕。不過，根據日媒報導，文部科學省（相當於臺灣的教育部）已公布的二〇二四年日本小學與高中教科書檢定結果，小學五年級數學教科書引用大谷翔平打球的成績，做為數學計算例題；大谷翔平同時也出現在小學五年的道德教科書的「目標成就表」單元，內容是關於大谷翔平立定目標和實現夢想的具體行動。他也是美國知名《新聞週刊》日本版雜誌二〇二三年八月選出的「世界尊敬的百大日本人」之一。

二〇二三年球季結束時，二十九歲的大谷在大聯盟已待滿六年，正式成為自由球員，也成為各家球隊競相爭取的對象。最後，大谷選擇加盟洛杉磯道奇隊，也寫下十年七億美元待遇的體壇新紀錄。

美國職棒大聯盟

美國職業棒球大聯盟（Major League Baseball，簡稱：MLB 或大聯盟）是世界水準最高的職業棒球比賽，由「國家聯盟」和「美國聯盟」在一九〇二年成立，一九〇三年起舉行「世界大賽」，由兩聯盟的冠軍球隊爭奪年度總冠軍。目前大聯盟共有三十支球隊，其中十五隊隸屬「國家聯盟」，十五隊隸屬「美國聯盟」。兩聯盟各分為三區，各分區的冠軍球隊及兩聯盟的外卡球隊均可參加季後賽，爭奪世界大賽冠軍。大谷翔平先前加入的洛杉磯天使隊隸屬美國聯盟，二〇二三年十二月宣布加入洛杉磯道奇隊，隸屬國家聯盟。

誰是貝比魯斯

貝比魯斯（一八九五～一九四八）是美國棒球史上著名的二刀流，他同時擔任投手和外野手，在職業生涯中曾帶領波士頓紅襪隊和紐約洋基隊分別取得三次和四次世界大賽冠軍，也曾寫下許多後人難以突破的紀錄，是美國棒球界永遠的傳奇。

你應該知道

啟蒙教練

大谷翔平出生於一九九四年，小學開始練習棒球，父親大谷徹是他的棒球啟蒙教練，訓練的時候很嚴格，回家就變回好爸爸，使得大谷童年雖然練球辛苦，但與家人快樂相處的時光也很多。高中時期他在甲子園嶄露頭角，職棒球隊競相延攬，最後他選擇加入北海道火腿隊，效力五年之後轉往美國職棒大聯盟發展，加入洛杉磯天使隊，成為大聯盟最耀眼的明星。

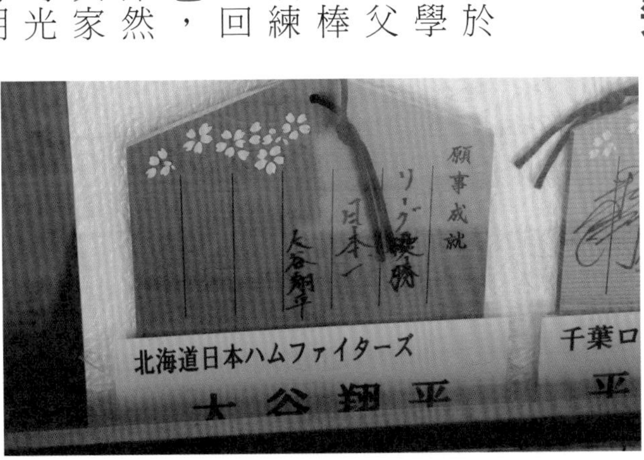

▲大谷翔平在火腿隊時，在繪馬上寫下了「聯盟優勝，日本第一」。（flickr／Ein_keep going）

成功祕訣

大谷翔平很早就清楚自己的人生目標，是成為世界一流的棒球選手。高中時候，他用「九宮格思考法」（見第一七五頁）將目標與方法具體化。例如他的偶像菊池雄星（岩手縣的前輩選手）高中時參加日本職棒選秀，被六個球團指名第一，大谷便自我期許要超越菊池，以「八個球團第一指名」為目標。然後他根據這個核心目標，列出八個子目標：體格、控球、球質、心理、球速每小時一百六十公里、人品、運氣和變化球，再根據這八個子目標，一一列出達成方法，並且身體力行。例如，在心理層面，他要求自己要保持平常心、不受氣氛影響、體諒夥伴等等。

用九宮格思考法，他一步一步朝目標前進，愈來愈強大。他在美國大聯盟的表現被譽為「前無古人」、「簡直是外星來的」，成功的背後就是他從小就立定人生目標，並且懂得從目標回推，安排人生路徑，有紀律的前進。

大谷接受美國媒體採訪時透露高中時候的生活作息：「扣除睡眠七小時，每天清醒的十七個小時，有六小時用來練球。清晨三點或四點起床，先鏟操場的積雪，練球一小時，之後開始學校的課程；下午四點放學，回操場練球到晚上九點或十點。」這種努力程度，讓美國媒體簡直驚呆了。《運動畫刊》評論說：「大谷並非天縱巨星。和其他球員一樣，他付出非常多的努力，才到達他今天的位置——大聯盟史上最偉大的選手之一。」

甲子園

甲子園棒球場位於日本兵庫縣，建立於一九二四年，每年日本全國高中棒球聯賽在這裡舉行，因此，甲子園除了是指球場，也指「春季甲子園大賽」（全國高中棒球選拔賽）和「夏季甲子園大賽」（全國高中棒球錦標賽）。對於熱愛棒球的日本年輕人來說，甲子園是熱血和夢想的象徵，也是日本高中棒球的代稱。

漫畫來插嘴
ㄎㄨㄞ
好帥啊啊啊！
我也好想打棒球啊
超愛《棒球大聯盟》
練習中
欻咻
功課寫完沒？寫完就去練習數學！
可、可是……媽媽，
我好想，當棒球選手……
不要浪費時間了！
臺灣根本沒幾個人可以當職業選手啦!!
嗚嗚嗚嗚
如果我是日本人的話
爸媽應該會比較支持我走棒球路吧

觀察點

少年國際事務所報告

棒球是臺、日的運動強項，但是但論實力、產業規模、球星、棒球教育，臺灣各方面都差一截。為什麼日本能培養出頂尖球員？為什麼大谷翔平年紀輕輕就能成為美國大聯盟最耀眼的存在？運動員只要把專長項目練好就夠了，不需要充實學識？

觀察點❶ 臺日棒球環境有落差

日本人口超過一點二億，喜歡打棒球的人多，愛看棒球賽的人也多，形成一個正循環——有潛力的選手願意持續努力，而家庭也更願意支持，讓有天分的孩子從小接受高強度的訓練與磨練，以打進日本職棒甚至美國職棒為目標，比賽因此很好看，球迷願意買票支持。而多數臺灣家長寧可孩子「好好讀書」而非投身體育，對棒球有天分、有興趣的孩子，未必能得到足夠的支持以及高強度、高水平的持續訓練。大谷的成功，一部分歸功日本的棒球大環境，一部分來自他的個人天賦與特質。

觀察點❷ 熱情＋知識，缺一不可

人們常說，要做自己真正又熱情的事，才會做得好；其實光有熱情並不夠，還需要擁有解決問題的知識與專業。大谷翔平如果只有打棒球的熱情而沒有知識面的輔助，也不會有今天的成就。有一陣子他的打擊表現不佳，他就透過科學分析找出問題來改進打擊，例如打擊不佳的原因出在揮棒的旋轉速度，於是他就要研究並練習手臂怎麼旋轉、轉多快、幅度多大。知識是運動員在技能、觀念、生活等各方面的最強後盾。

換你想想看

• 大谷翔平為什麼婉拒日本政府頒贈「國民榮譽賞」？

• 請解釋大谷翔平所使用的「九宮格思考法」，以及他如何運用這種方法來實現他的人生目標。從圖表中，你看到哪些運動員養成的核心要素？

大谷翔平的曼陀羅九宮格
一起來看看大谷高中時訂下的目標吧！

身體保養	吃營養品	前蹲舉90 公斤	改善踏步	強化軀幹	保持軸心	角度	把球從上往下	增強手腕
柔軟性	鍛鍊體格	深蹲舉130 公斤	穩定放球點	控球	消除不安	不過度用力	球質	用下半身
體力	擴展身體	飲食	強化下半身	身體姿勢	控制心理狀況	放球點往前	提高轉速	身體可動範圍
設立目標	不要忽喜忽憂	冷靜	鍛鍊體格	控球	球質	順軸心旋轉	強化下半身	增加體重
加強危機應變	心志	不要受外界影響	心志	獲得八大球團第一指名	球速160公里	強化軀幹	球速160公里	強化肩膀
不要起伏	對勝利執著	體諒隊友	人品	運氣	變化球	擴展身體	練習傳球	增加投球數
感性	成為喜愛的人	計畫性	打招呼	撿垃圾	打掃房間	增加球種	指叉球	針對左打的決勝球
體貼	人品	感謝	珍惜球具	運氣	對裁判態度	控球	變化球	控球
禮貌	成為受信任的人	持之以恆	正面思考	成為受支持的人	讀書	影藏投球動作	控球	球的尾勁

flickr／gotr903

墜機亞馬遜叢林，四童撐 40 天奇蹟生還

2023 年 5 月 18 日，哥倫比亞搜救隊找到墜毀雨林的飛機。
（達志影像／美聯社）

發生什麼事

二〇二三年五月一日，哥倫比亞原住民族維托托族（Huitoto）的四名兒童與母親搭乘一架小飛機，飛機卻在亞馬遜叢林墜毀，母親、機師、嚮導這三名成人罹難身亡。搜救人員花了超過兩週時間才找到飛機殘骸，當時四名兒童不知去向。

事後得知，母親瓦倫西亞在墜機之後撐了四天才去世，去世前，她提醒孩子在叢林生存的方法，叮囑他們要離開失事現場，想辦法努力活下去。這四個孩子分別是十三歲的大姊萊斯莉、九歲的大弟索來尼、五歲的提恩和只有十一個月大的克里斯。他們打包了兩個小背包的物資，包括衣服、毛巾、手電筒、手機等墜機現場能找到的東西，以及一包木薯粉——這是他們在叢林裡闖蕩的重要食物。後來木薯粉吃完了，他們開始靠採集種子、野果、根莖類植物充飢。

大姊萊斯莉從小在族人帶領下親近叢林，知道什麼植物可以吃、什麼有毒；也知道要喝水就只能喝雨水，若是直接喝叢林的水，可能喝下寄生蟲而生病。幸好在離開墜機地點時，萊斯莉帶走一個寶特瓶，她用葉片承接雨水，等水沉澱淨化後，再倒入瓶中給弟弟、妹妹喝。需要休息的時候，她用樹枝與大片樹葉在樹上搭起臨時帳篷，避免被地面的毒蛇、野獸攻擊。

▲哥倫比亞搜救隊在亞馬遜雨林找到墜機生還、失聯四十天的四名兒童。（達志影像／美聯社）

為了營救他們，哥倫比亞軍方組成上百人

的搜救隊，帶著搜救犬在叢林中搜索，原住民也以志工身分加入搜救行動。然而這片原始叢林範圍廣大，滿布蚊蟲，野獸出沒，再加上霧氣、暴雨，能見度低，搜救工作十分困難。搜救隊曾空投食物箱，希望孩子可以撿到；並大聲播放孩子們外婆的錄音，請孩子們留在定點，等待搜救隊尋找。

隨著時間一天天過去，搜救隊認為孩子們生還的希望愈來愈渺茫，但是外婆法蒂瑪卻始終相信孩子們還活著，因為孩子們從小熟悉原住民野外求生的智慧。直到搜救隊在叢林裡發現小足印、被啃食的新鮮野果以及丟棄的寶寶尿片，這才相信孩子們確實可能還活著。

在墜機四十天後，搜救隊的無線電傳來出喜訊：「奇蹟，奇蹟！奇蹟，奇蹟！」終於找到孩子們了！他們已經瘦得皮包骨，體力虛弱，送進醫院時全都營養不良、脫水、全身蚊蟲咬傷。經過三十四天治療調養，四人身體狀況與體重漸漸恢復正常，平安出院。

萊絲莉平日就習慣照顧弟妹，這次帶著弟妹歷險重生，成為大家心目中的英雄。哥倫比亞舉國歡慶他們平安脫險，總統佩特羅說：「叢林救了他們，這幾個孩子是叢林的孩子，也是哥倫比亞的孩子。」

亞馬遜雨林裡有什麼？

美洲豹、貘、哈比鷹……亞馬遜雨林中有四百多種哺乳類動物、將近四百種爬蟲類動物，還有好多不同生物，科學家每年都能在雨林中發現新物種。當然還有流經亞馬遜雨林的亞馬遜河，河裡有會攻擊人類的食人魚，以及森蚺——世界上最大最重的蛇，長達九公尺，重量超過兩百公斤。當然這裡也不全是可怕的動物，也有像是亞馬遜河豚這樣可愛的生物生存其中，牠們也被稱為粉紅河豚，是世界上體型最大的淡水海豚。

你應該知道

落難亞馬遜，存活機率低

為什麼搜救隊一開始不抱希望呢？因為墜機事件於五月一日發生，搜救人員直到五月十六日才找到飛機殘骸，四個孩子已經獨自流落亞馬遜雨林十六天。如果是四個十幾歲的孩子，生存機率或許較高，但他們最大的才十三歲，最小的是不到一歲的嬰兒！

雨林中危機四伏，只有極少數落難者幸運獲救。例如二〇二三年一月底，一名三十歲的玻利維亞男子和朋友在雨林打獵，不小心落單迷路，受困三十一天後獲救，期間他飲用雨水，吃昆蟲果腹，而且必須隨時躲避大型動物的攻擊。連成人都求生不易，何況兒童！

▶搜救人員為倖存的孩子提供基礎醫療照護。（達志影像／路透社）

搜救小英雄——牧羊犬威爾森

最先找到他們的搜救隊員，不是軍人也不是原住民志工，而是一隻名叫威爾森的搜救犬！

威爾森是隻五歲的咖啡色比利時牧羊犬，牠從一開始就參與搜索行動，有一天牠突然掙脫並衝進灌木叢。根據孩子們的說法推算，威爾森大約是在五月二十八日找到他們，在叢林中陪伴他們三天。不過，由於地形和天氣多變，當搜救隊員找到他們時，威爾森已經失蹤了……孩子們在醫院接受治療時，用蠟筆畫下了威爾森在雨林中的模樣。

哥倫比亞軍方在搜救孩子的「奇蹟行動」結束後，又展開尋找威爾森的「希望行動」，可惜一直沒有找到威爾森，這個行動也就停止了。

哥倫比亞小檔案

哥倫比亞面積約兩百萬平方公里，是南美洲第四大國家，十六世紀時成為西班牙殖民地，後於十九世紀獨立。人口約五千兩百多萬人，官方語言是西班牙語，首都波哥大。

它是地球上生物多樣性最豐富的國家之一，擁有超過五萬種物種，包括擁有世界上種類最多的鳥類和蘭花；在植物、蝴蝶、淡水魚和兩棲動物的多樣性方面，排名世界第二。

在原始叢林及保護區裡，有許多珍稀動植物生活其中。因此，這裡也成為世界各國科學團隊心目中的研究天堂。

觀察點 少年國際事務所報告

觀察點❶ 懂得求生技能很重要

遭遇空難的四個孩子，在哥倫比亞東南部一個原住民社區長大，社區長輩平日指導他們學習各種叢林求生技能，在這場空難中全都派上用場。十三歲的姊姊萊斯莉能夠蒐集雨水，並且知道如何淨水再飲用，她與九歲索來尼經常玩「生存遊戲」，會搭小帳篷和辨別哪些野果可以吃，也知道要躲在樹上休息比較安全。因為長期親近大自然，所以知道怎麼運用有限的資源求生，同時也知道要對哪些事情提高警覺。這些生存之道，幫助他們在惡劣的環境下撐過四十天。

觀察點❷ 黃金救援期也有例外

外婆法蒂瑪感謝大地之母救了四個孩子，祖父感謝「叢林把孩子還給我們」。其實四個孩子能夠存活，除了要感謝長輩平時就教他們學習與自然相處，培養他們的求生技能，讓他們有足夠的知識能夠自救，更要感謝搜救隊在艱困的情況下堅持不放棄。否則即使他們撐了四十天，但是以他們被發現時的身體狀況，已無法再撐下去了。

我們常聽到「黃金救援〇〇小時」的説法，但是通則之下也有例外。四個孩子勇敢的自力求生，而搜救隊也沒有因為超過多少天黃金救援期就放棄，使得這個不可能的任務有了圓滿結果。

▲受困野外時，必須先保持冷靜，利用叢林裡現有的資源，搭建營地確保能安全過夜。此外，營地應遠離水邊和樹根，避免下雨河水上漲或遇到蛇出沒。
（flickr ／ Paul Simpson）

換你想想看

- 墜機四十天後，四名孩童得以存活下來的關鍵因素有哪些？
- 想一想，如果是你在亞馬遜雨林裡遇難，你會如何幫助自己存活下來？如何向外界發出求救訊號？

Part 2

你需要關心的
全球發燒議題

PARIS 2024
STOP
KILLING
PEOPLE
TIME
Person of the Year
Mahsa Amini
NO
WAR
STOP
THE
PHRYGES
THE PARIS 2024 MASCOTS
LITTLE MERMAID

晶片戰爭——全球競逐最重要的戰略物資

晶片是電子產品的大腦，從手機、電動玩具、洗衣機到汽車、太空火箭，通通都需要晶片，如果說二十世紀最重要的物資，是幫助人類發電和運輸的石油，那麼二十一世紀，已由塑造現代生活的晶片取代，成為各國最希望能掌握的資源。

為什麼缺晶片？

晶片在我們的生活中無所不在，但是大家並不會直接感受到它的存在。直到二〇二〇年開始的「晶片危機」，讓大家意識到晶片的重要性，一旦晶片短缺，會嚴重影響各個產業。

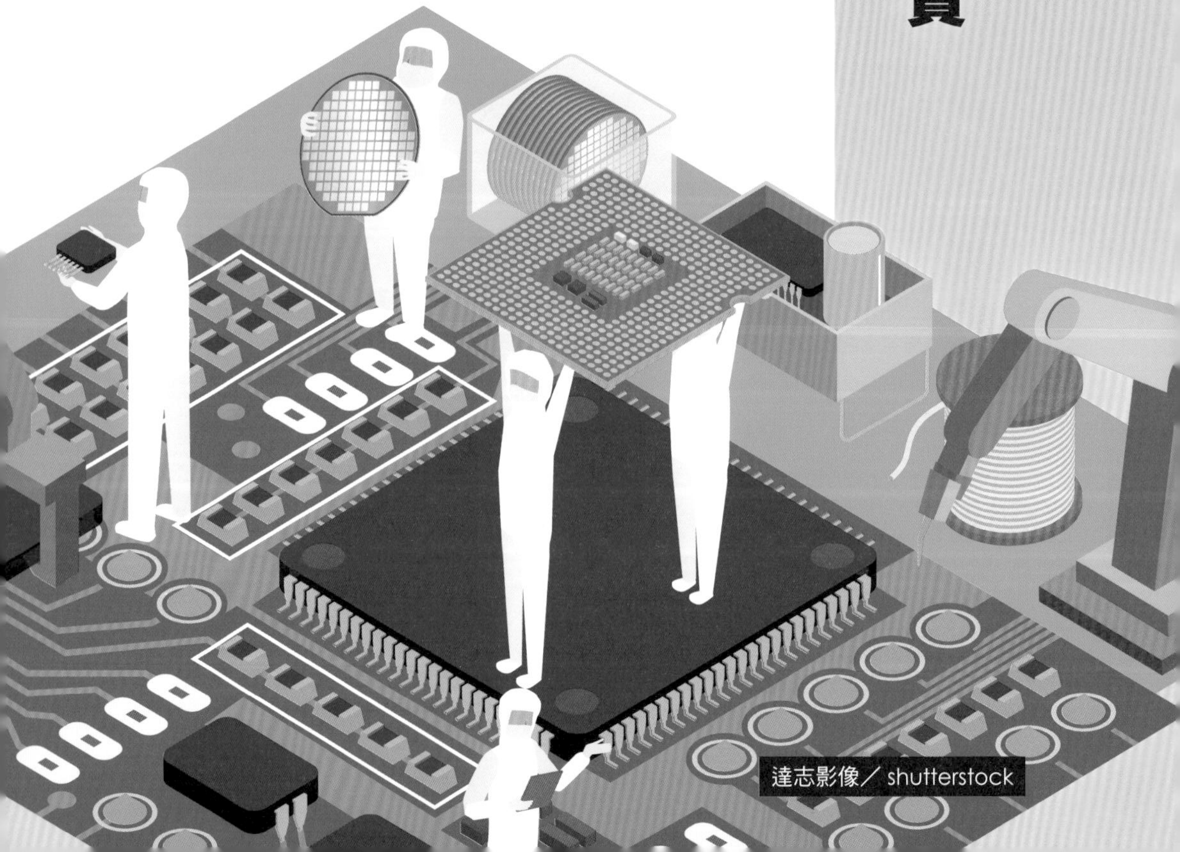

達志影像／shutterstock

達志影像／美聯社

這場晶片危機的原因之一，要追溯到中國和美國之間的貿易對抗。美國是全世界規模最大的經濟體，而隨著中國經濟發展，目前已經成為緊追美國的第二大經濟體，加上對美貿易順差，讓美國開始設下貿易壁壘，像是課徵高昂關稅或實施出口管制等。這波在貿易上的對抗，也延燒到半導體產業，使得中國的科技製造商在二〇一九年開始囤積晶片，晶片製造廠也開始大量購買設備，為未來美國制裁預做因應與準備。

除了有美中貿易戰的影響，讓全球晶片短缺的最大原因，是新冠肺炎疫情。二〇二〇年，新冠肺炎疫情剛爆發的時候，車廠預估車市銷售狀況不佳，所以

▲台積電在美國設廠。（達志影像／路透社）

取消了晶片訂單。沒想到由於大眾擔憂疫情，很多人開始不搭公共交通運輸工具，轉而買車，使得訂單增加，這讓車廠又回過頭來重新訂購晶片，造成晶片市場的供需大亂。加上疫情期間民眾都待在家裡，電腦、手機和平板的需求也同步增加，使得許多電子產業都輪番出現晶片短缺現象。

話說從前，臺灣是怎麼成為晶片產業要角？

一九四七年，史上第一顆電晶體在美國貝爾實驗室被發明出來。到了一九五〇年代，電晶體走出實驗室，進入了訊設備和軍方武器的領域，而愈來愈強大的晶片技術，讓電腦的運算和模擬能力大增，還可以運用在太空船導航上。而晶片也的確在阿波羅計畫大大發揮作用，在一九六〇年代成功把人類送上月球！

美國的半導體產業蓬勃發展的同時，各國也開始嘗試加入晶片產業的行列，日本晶片產業更在一九八〇年代快速崛起，讓美國備感威脅，南韓在此時也加入半導體生產的行列——不希望日本市占率那麼高的美國，樂見韓國這個人力成本更低的國家加入，也願意讓除了日本之外的國家生產晶片。

這時，把鏡頭轉向臺灣：當時的臺灣晶片設計技術追不上其他國家。半導體產業，主要包括晶片設計以及晶片製造。不是所有晶片設計公司都有建造晶圓廠的，自己沒有晶圓廠的，只能想辦法透過說服大公司，用大公司工廠多餘的產能幫他們代工生產晶片，同時還得承擔晶片機密被竊取的風險。總之，承諾保障晶片設計機密、本身也永遠不會從事晶片設計的台積電，因此有機會承接了大量的測試和組裝工作。現在被譽為「臺灣晶片教父」的張忠謀，在一九八七年成立了台灣積體電路公司（就是眾所周知的台積電，英文簡稱 TSMC），發展出在當時相當新穎的代工模式。

因為晶片製造的技術必須保密到家，所以各國公司當時都是自己擁有可靠的晶片製造夥伴。漸漸的，除了這些自己擁有晶圓廠的小公司，也有很多大公司開始將晶片生產訂單交給台積電，讓自己可以全力專注於晶片設計，形成雙贏局面。

當然，台積電的代工模式可不只是依樣畫葫蘆，當他們把所有力氣放在製造技術的優化時，更掌握了競爭對手無法仿效的晶片製造技術，例如，全世界只有台積電有技術能夠製造蘋果手機所需要的晶片，而台積電的發展也帶動臺灣上下游產業的發展。在二〇二一年，臺灣的半導體產值占全球總

microelectronics group
A replica of the first transistor, invented at Bell Labs, December 23, 1947
Lucent Technologies
Bell Labs Innovations
50 Years and Counting...

▲第一顆電晶體的複製品。（Wikimedia Commons）

產值的四分之一，排名世界第二，晶圓代工更以市占率六成穩居第一。如果說現在全世界正上演的晶片爭奪戰是場電影，臺灣可以說是數一數二的重要角色。

話說現在，晶片戰爭的狀況？

中國

近年，中國和美國不斷升高的緊張關係，以及在科技發展的競爭，讓人回想起美國和蘇聯在一九六〇年的太空競賽，當時蘇聯首先成功發射行星軌道的人造衛星，讓美國非常緊張，也因此投入大筆經費到科學領域，急起直追。現在的中國，就像是當時的美國，由於中國的半導體發展晚於其他國家，使得政府大力出資支持，試圖讓該產業後來居上，同時也希望能在各項半導體領域減少對於美國的依賴，畢竟美國每次祭出各項晶片和半導體相關管制，對於中國來說都是鎖喉戰。

美國

隨著俄烏戰爭爆發，中國對於臺灣的侵略野心，讓美國非常擔憂，尤其是全球對於臺灣生產的晶片都有高度需求，使得美國進一步採取行動。

二〇二二年八月，美國總統拜登簽署了《晶片與科學法案》，提撥五百二十億美元到半導體產業。這是美國幾十年來對單一產業最大型的資助案之一，期盼能透過提升晶片生產力、確保美國本土能自行設計並生產晶片，如此一來，即使臺海發生了任何影響晶片生產的震盪，美國的半導體產業也不至於發生致命的影響。另一方面，為了避免中國威脅，《晶片與科學法案》也規範接受資助的公司，至少十年內禁止在中國和其他「受到關注的國家」進行半導體業的新投資。

臺灣

做為半導體產業舉足輕重的角色，臺灣因此擁有一面「矽盾」（矽是半導體的原料），讓世界深知臺灣的重要性，力求避免臺海之間發生戰爭。

一九九〇年，伊拉克和科威特因為財政貸款問題和石油經濟摩擦而爆發衝突，伊拉克更直接併吞科威特。然而，科威特是世界上第六大產油大國，同時也是親西方國家，使得這場入侵戰爭引發國際關注，很快的，以美國為首的二十幾個國家組成聯軍向伊拉克宣戰，最後成功讓伊拉克從科威特撤軍。全世界都知道，臺灣如果發生任何事情造成晶片產業停工，那樣的損失，比新冠肺炎疫情造成的虧損，或是科威特原油減產還要嚴重。盡可能的防止臺海爆發戰爭，也成為民主國家共識。

當然，也有人懷疑這塊矽盾是不是真的那麼可靠。

首先，台積電在政治考量和美國力促之下，在二〇二〇年宣布在美國設廠，雖然表示最先進的技術都留在臺灣，但還是讓一些人擔憂人才和產業外流問題。另外，美國本土也試圖增加晶片生產的市占率——當需求就是那麼多，有人增產，有人勢必得減產，要知道的是，能夠生產先進晶片的國家，除了中國之外，其他都是美國的盟國，包含臺灣。

世界局勢的發展變幻莫測，可以肯定的是，唯有持續發展，一直進步，讓臺灣在半導體產業始終是一個無可取代的重要角色，才能保有籌碼，讓矽盾更加堅固。

世界格局最新變化與重組

生活在這個世界上的人，是很難真正的遠離人群，不與任何人連結的。人與人之間連結、組成的群體，擁有了文化和制度，就形成「社會」。如果把世界上的國家，想成一個又一個的人，那麼整個地球上的國家，也形成了「國際社會」。同理，很難有國家真的完全與其他國家沒有聯繫，就連最封閉、最神祕的北韓，仍與中國保持友好關係，接受來自中國的援助。

在國際社會中，任何一個國家發生的任何事情，都會互相影響，這使得想法、目標價值觀相似的國家，會形成互相合

▲ 2023 年 8 月美日韓大衛營峰會，公開表達支持臺海和平穩定的堅定立場。中為美國總統拜登，右為日本首相岸田文雄，左為南韓總統尹錫悅（達志影像／美聯社）

作、彼此幫助的關係。一旦發生事件，各國之間友善或敵意的態度，也就更加明顯，在俄烏戰爭發生後更是如此。

▲美、澳軍艦行經臺海。（達志影像／美聯社）

逐漸擴大的軍事同盟

俄烏戰爭改變了整個世界，其中，地理位置最鄰近的歐洲各國感受最深刻，也改變了一些國家的外交、軍事方針。像是長年維持中立的瑞士，選擇加入制裁俄羅斯的行列，凍結俄羅斯總統普丁和其他政府高層人員的資產，對俄羅斯關閉領空，並對烏克蘭提供經濟援助。

另外兩個大動作改變立場的國家，就是瑞典和芬蘭。做為相對「與世無爭」的北歐國家，它們在俄羅斯入侵烏克蘭之後，大幅提升對於俄羅斯的警戒，除了對烏克蘭提供軍事援助之外，更在戰爭爆發後兩個月，就向北大西洋公約組織提出加入申請——這兩個國家有長年軍事不結盟的歷史，加入北約組織的申請，非常具有歷史意義。

不過，加入北約的前提，是獲得全體成員國的同意，但這兩個國家的加入，卻遭到土耳其和匈牙利反對！

土耳其和兩國的紛爭，源自於土耳其境內的遊牧民族「庫德族」，庫德族是世界上「沒有國家的民族」中人口最多的，因此一直希望能夠成立自己的國家，這對土耳其來說則相當頭痛，所以強力追殺境內尋求獨立的庫德族部隊。但芬蘭和瑞典卻收容了很多被土耳其追殺的庫德族人，讓土耳其對這兩個國家很不滿。另一方面，匈牙利作為一個保守派當家的國家，時常因為反對移民、反對同性戀的國內政策，飽受以美國為首的西方大國批評——這也讓匈牙利雖然在嘴上說會支持芬蘭和瑞典加入北約，但國會卻遲遲不對這兩國進入北約的事情進行投票。

經歷將近一年時間的商討和遊說，土耳其和匈牙利終於點頭，讓芬蘭在二〇二三年四月正式成為北約第三十一個成員國！由於芬蘭和俄羅斯本來就共享超過一千三百公里的邊界，所以加上了芬蘭之後，整個北約組織跟俄羅斯接壤的邊境多了一倍，達到將近兩千六百公里，大大增加了對於俄羅斯的防禦能力。但另一方面，由於瑞典政府在申請進入北約之後，還是批准了當地反土耳其政府、支持庫德族人的示威活動，讓土耳其強烈不滿，而匈牙利也持續表達對於瑞典政府的不滿——這些原因，導致芬蘭單獨入會，瑞典持續等待。

中立是個好選擇嗎？

英國、德國、法國等民主國家，不論提供的物資有多少，基本上都是支持烏克蘭對抗俄羅斯，連傳統上在戰爭中保持中立態度的瑞典和芬蘭，也提供烏克蘭援助，更申請加入北約。而明顯和俄羅斯站在同一陣線的，就是提供俄軍借道和駐紮的白俄羅斯。那麼，有沒有國家表達中立的態度呢？當然有囉，

▲ 聯合國提案表決，要求俄羅斯軍隊立刻無條件撤出烏克蘭的投票現場。（達志影像／美聯社）

像是匈牙利——匈牙利高度仰賴俄羅斯的能源，因此標榜自己的中立態度，不譴責俄羅斯，也不聲援烏克蘭，可以說是試圖兩面討好，不過這也讓匈牙利飽受歐美國家批評。

把眼光從歐洲拉遠到全世界，有一個簡單的方法，可以看出哪個國家支持俄羅斯，哪個國家支持烏克蘭——聯合國的投票。二〇二三年二月下旬，烏俄戰爭開打一周年的時候，聯合國舉行提案表決，要求俄羅斯軍隊立刻、無條件的撤出烏克蘭；根據表決結果，共有一百四十一個國家站在烏克蘭這邊，強烈要求俄軍撤出，但也有七個國家表示反對，除了俄羅斯自己以外，還有白俄羅斯、北韓、厄利垂亞、馬利、尼加拉瓜和敘利亞，與俄羅斯站在同一陣線。值得一提的是，有三十二個國家棄權，不表達立場，包含中國、印度以及二十二個非洲國家。當你看到有一個弱小的同學被惡霸欺負，你站得遠遠的，說「我保持中立」，是不偏袒任何一方的行為嗎？還是，這樣的不作為，其實也是在助紂為虐呢？

在俄羅斯入侵烏克蘭之後，以歐美為首的民主國家，除了對烏克蘭提供支援，也強烈回應另一個氣氛緊繃的地方——臺灣海峽。

從俄烏戰爭到臺灣海峽

和烏克蘭一樣，臺灣同樣與虎視眈眈的大國比鄰，俄烏戰爭爆發，也讓各國紛紛表態，逐漸形成一個更強而有力的民主同盟。

中國經濟起飛後，國力大增，而且在承平時代不斷的增加軍費、擴充軍備，更在全世界進行「戰狼外交」，挑釁民主、人權價值，這些舉動，對於周遭國家與美國早已造成威脅。而在俄烏戰爭爆發之後，支持民主的國家與支持獨裁的國家，儼然一分為二，紛紛開始選邊站。美國和日本、澳洲、印度在二○二三年三月舉行的非政治戰略對話「四方安全會談」，呼籲要維護海洋秩序，雖然沒有明確點名中國，但很明顯就是在譴責中國在南海水域建立軍事基地。而美國和英國、澳洲組成的「三方安全夥伴關係」，在同年三月宣布的潛艦合作案，也是將矛頭指向中國，表示這項合作是在對抗中國的野心。

另一個更多國家參與、一同協商如何面對俄烏戰爭以及臺海安全議題的場合，則是二○二三年年五月舉辦的G7峰會，除了原本的七個國家，印度、印尼、巴西、南韓、歐洲聯盟、非洲聯盟等國家和組織，也都派代表參與。席間最引人注目的事情之一，是美國、日本和南韓，形成美日韓三國同盟。

美國和日本、南韓分別有不錯的關係，但南韓和日本兩國可不是——日本在一九一○年到一九四五年曾經殖民朝鮮（包含現在的南北韓），第二次世界大戰期間，曾強迫朝鮮人成為奴工和慰安婦，時至今日，南韓對於日本沒有針對此事道歉仍然非常憤怒，也讓兩國長期不合。而隨著中國威脅增強，兩國的關係逐漸解凍，更在二〇二三年三月及五月互相訪問，上一次互訪可是十二年前的事了！日韓兩國關係改善，也讓中國有些緊張，發出聲明表示「反對個別國家搞封閉排他的小圈子」！

正如俄羅斯入侵烏克蘭，促使北約更加團結，中國對臺灣的威脅加劇，也促使亞洲民主國家更團結，並與美國建立更緊密的夥伴關係。大衛營峰會突顯了當前國際局勢的複雜性，而美、日、韓的合作，也將對印太局勢與國際格局產生深遠影響。

G7是什麼？

七大工業國組織（Group of Seven）的成員包含美國、德國、英國、法國、日本、義大利、加拿大，他們每年會定期會面，討論國際面臨的經濟和政治議題。值得一提的是，在一九九七年到二〇一四年間，有八大工業國組織（G8）——原本俄羅斯也是成員之一，但因為二〇一四年占領克里米亞半島，會籍被凍結，無法再參與峰會。

緊接著，二〇二三年八月，美國總統拜登、日本首相岸田文雄和韓國總統尹錫悅，在美國總統度假地大衛營（Camp David）舉行了歷史性的三方峰會。拜登盛讚尹錫悅和岸田文雄讓歷史仇恨揭過一頁的「政治勇氣」，使美、日、韓可以共同加強安全合作、軍事演習和分享情報。這樣的峰會在以前是不可能的事。隨著中國不斷展現軍事實力、進行大型軍事演習，日、韓危機感大幅上升。尹錫悅從大局著眼，決定不再糾結於歷史仇恨，願意將日本視為盟友，讓兩國關係進入安全合作新篇章。

潛艦國造，臺灣做到了！

歷史性的一刻

歷經數十年時間、多任總統謀畫與努力，臺灣挑戰「潛艦國造」的任務終於成功了。首艘國造潛艦的原型艦，二〇二三年九月二十八日在高雄下水，受到國際高度矚目，這是臺灣國防與軍事工業的重要里程碑。在任內達成這個艱鉅使命的蔡英文總統說：「歷史將會記住這一天。過去，『潛艦國造』被視為不可能的任務。如今，由國人自己設計、打造的潛艦就在眼前。我們做到了！」

蔡英文總統將這艘潛艦命名為「海鯤號」（舷號711），正式服役後將隸

▶基於保密等安全考量，海鯤號原型艦下水典禮時，不會將全艦外觀對外公開展示，某些部位會以特殊方式「包起來」，不讓原型艦的設計細節外露。軍方將國旗遮蓋潛艦正面，巧妙掩蓋魚雷發射管等機敏設施。（中央社）

屬中華民國海軍二五六戰隊。命名的發想，來自「臺灣四面環海，屹立於太平洋上」而有「鯤島」之稱，以及《莊子・逍遙遊》：「北冥有魚，其名為鯤。鯤之大，不知其幾千里也。」說是有一種奇大無比的魚叫做「鯤」，隱匿在大海中難以察覺。「海鯤號」的英文名字則是Narwhal（獨角鯨）。

下水典禮後，海鯤號原型艦將繼續安裝設備，並進行一連串泊港測試及海上測試，預計二〇二四年底前完成測試交付海軍，二〇二五年開始服役。到時候，海軍現役的兩艘劍龍級潛艦再加上「海鯤號」，臺灣將有三艘具備完整作戰能力的潛艦捍衛海疆。

海鯤號在設計、建造時，已預留了可增加、更換設備的空間考量，這是因為原型艦透過測試過程，會發現許多需要調整的地方，海軍會提出調整建議，做為後續批次量產時的參考依據。所以第二艘潛艦建造時，就會是小改款的版本，預計於二〇二七年完工。整個專案計畫預計製造八艘潛艦。

原型艦的舷號為何會編711？

海軍現役四艘潛艦的舷號是791至794，分別是：791海獅號、792海豹號、793海龍號、794海虎號。「79X」系列的後續舷號（795至799）只剩下五個號碼。然而國造潛艦規畫量產七艘，加上原型艦，共八艘，如果沿用「79X」舷號會不夠用，因此放棄沿用，選用「7」字頭重新編號。

臺灣為何需要潛艦？

臺灣為什麼需要這批潛艦呢？這是因為中國長期以武力威脅臺灣，如果中國侵襲臺灣，預估會對臺灣進行海上封鎖。有了潛艦後，封鎖並切斷臺灣與外部聯繫的行動，相對會變得比較困難。因此潛艦造價雖高，但具有戰略威懾作用，能確保臺灣的海上生命線，對國家安全來說是絕對必要的。

很多人以為，臺灣最需要潛艦的地方，主要是在臺灣海峽。其實臺灣海峽的深度較淺，並不適合潛艦潛航；臺灣東部外海的太平洋深度夠深，那裡才是臺灣布署潛艦的重點。萬一臺灣東面被封鎖，北接日本、南接澳洲的補給線就會被切斷，等於國際奧援被斷鏈。所以需要在東岸布署潛艦，防止被四面封鎖，也確保第一島鏈（北起日本、南至菲律賓群島，甚至向西、南延伸至越南中部和印尼的一條弧形線）不被突破，讓印太地區的區域穩定不至於受到破壞。

過去數十年，臺灣一直試圖採購潛艦，只不過在中國阻擾與美國限制下，始終一艦難求。後來好不容易向荷蘭訂購了六艘劍龍級潛艦，又因為中國對荷蘭施壓而破局，只買到兩艘，也就是現在的「海龍號」和「海虎號」，它們都已服役超過三十年，不足以反制中國的強大威脅。所以臺灣政府計畫打造一支現代化潛艦艦隊，除了將海龍號、海虎號的性能提升，另外再加上八艘新建潛艦，共十艘潛艦，都配備新型魚雷。新潛艦的下潛深度，可達三五〇公尺以上，比中國現役潛艦潛得更深，可以讓臺灣的自我防衛力大幅提升。

潛艦國造之路漫長又艱辛

這次臺灣建造潛艦，獲得國際上多個國家援手。第一艘潛艦的造價高達十五．四億美元，將近五百億臺幣，而且有錢還未必成功，因為中國方面也是用盡手段阻撓。最後能夠成功的關鍵，在於美國支持、參與國家共同保密，以及臺灣的決心堅定。

到底是哪些國家幫助臺灣建造潛艦呢？國際媒體說，臺灣獲得美國、英國、南韓、澳洲等七國技術、人力與零件支援。也有臺灣媒體說，共有十四個國家幫忙。潛艦小組專案召集人黃曙光（前海軍司令、參謀總長）僅證實與美、日、澳、印等國接觸，但不便詳細說明。因為每一項機敏設備都必須取得當事國的出口許可，並不是有經費就能解決問題，往往牽涉複雜的政治與外交交涉，必須低調行事。

既然說是「國造」，大家應該會想知道，臺灣潛艦自製的比例，以及需要靠國際支援的比例。根據專家分析，真正臺製的部分約占四成；關鍵的戰鬥系統、設計必須仰賴國際協力，約占六成，包括：使用柴油動力，是採「澳英美安全聯盟」（AUKUS）成員國的構型設計以及「紅區裝備」，再由印太國家（印度、南韓）提供技術支援，最後由同樣使用柴電潛艦的加拿大、西班牙提供技術諮詢。

潛艦國造之路，從無到有，既漫長又艱辛。一九九五年，前總統李登輝成立專案辦公室，開始規畫國造潛艦的可能性。前總統馬英九執政末期通過「潛艦國造」初期作業經費。最終在蔡英文總統執政期間開花結果。

紅區、黃區、綠區

潛艦國造需要的各種零組件，分為紅區、黃區、綠區三類。「紅區」是指自己沒有能力研發製造，必須靠國外援助的技術，包括數位式聲納、柴油主機、魚雷、飛彈系統、電子潛望鏡等。「黃區」是指不容易取得、但有潛力可以自製的零件。「綠區」是指能夠自行生產的設備。

國際的反應與評論

日本前海上自衛隊潛水艦隊司令官矢野一樹，認為海鯤號是美國同盟陣營連線合作的成果，即使在中國壓力下，美國盟友展現堅定意志，決心讓臺灣擁有自己的潛艦。他對海鯤號性能的評價是「略優於日本潛艦」。矢野表示，各國都知道提供技術和情報給臺灣，遲早會被洩漏給中國，基於這種顧慮，不能提供最新技術，而是將技術降級提供，否則這艘潛艦應該「更優秀」。矢野表示，臺灣成功建造潛艦，展現自主防衛的堅定決心，意義重大。他認為，光是一艘潛艦就可提升水中優勢，讓中國不敢輕易發動戰爭，具有一定的嚇阻力。

日本拓植大學教授、臺灣安全事務專家門間理良，認為海鯤號是臺灣的「王牌」和「祕密武器」，因為中國不知道臺灣潛艦的具體部署位置，必須花更多時間探測。從這個角度看，潛艦是非常有效的王牌。他又從高額的建造費判斷：海鯤號可能搭載洛克希德馬丁提供的戰鬥系統，是美國核潛艦戰鬥系統的簡易版；配備球形聲納，性能極佳。他也認為海鯤號性能可能略優於日本潛艦。對於臺灣傳出有立委將情報提供給南韓一事，他認為美澳等國將技術分享給臺灣，如果情報外流，可能導致各國減少或不再協助臺灣，會對臺灣造成致命的打擊。

美國知名潛艦專家薩頓（H I Sutton）表示，海鯤號的基本設計「很可靠」。薩頓指出，海鯤號採用跟旗魚級潛艦相同的淚滴流線型艦身和全雙船殼結構，且海鯤號的控制舵不同於傳統十字形，而是X形尾舵，在操控上更為靈活。海鯤號體積夠大，可用於執行各種任務。他提到，海鯤號有先進的混合式帆罩以及新的光電設計，不需長時間升起潛望鏡觀察敵情，可以降低被偵測的機率。雖然海鯤號有許多系統仰賴進口，但是他認為能做出這樣等級的海鯤號，已足令臺灣自豪。

潛艦生活 番外篇

潛艦長時間潛於深海值勤，艦艙內完全沒有天然光源，必須配合外界的日夜變化，透過燈光轉換，進行晝夜調整：白天點亮日光燈，夜間則點亮紅燈，讓官兵可以區分晝夜。

人的瞳孔縮放需要一定的時間，若外面是黑夜，潛艦內卻燈火通明，負責潛望鏡的人員無法立即適應明暗差異。然而作戰時，沒有時間等待瞳孔放大，所以晚上值更潛望鏡的軍官，服勤前必須戴著紅色眼罩用餐，才不致讓瞳孔收縮，影響夜視能力。

沒有海水淡化器的潛艦，官兵難得能用水擦擦身體。就算是裝有海水淡化器的潛艦，官兵也只能每隔幾天淋浴一次。不難想像這個封閉空間裡的氣味有多麼不好聞。

潛艦在水下可聽得到各種聲音，聽力敏銳是很重要的。訓練有素的聲納操作人員，仔細聆聽船隻螺旋槳轉動及船艏破水聲，就能判斷是哪一種船艦。大家偶爾可以聽到鯨魚叫聲。若是經過花蓮外海，還能聽到秀姑巒溪河水奔流入海聲。

潛艦內環境十分吵雜，引擎發動的情況下，面對面說話，卻完全聽不清楚，因此發展出一種按著對方耳朵講話的溝通方式。大家可以試試：在噪音很大的環境裡，說話的人伸手按緊對方的耳朵並大聲說話，對方就能聽到你說什麼。

第一島鏈
2024 年各國潛艦戰力情況

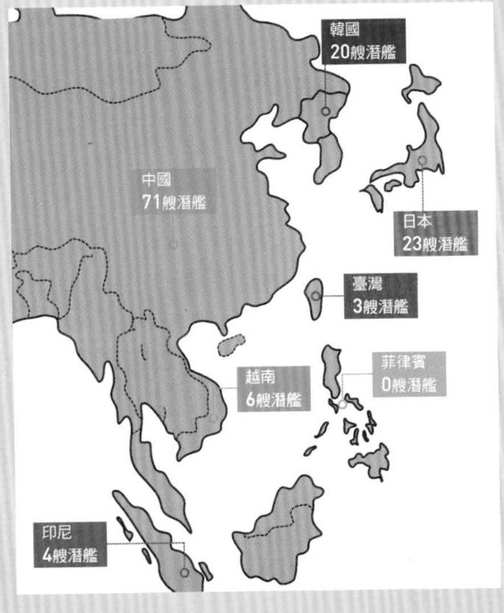

12月

12.6 美國《時代雜誌》公布2023年「年度風雲人物」，美國歌手泰勒絲擊敗芭比、習近平、英國國王查爾斯三世等人，獲得殊榮，她也是創刊近百年來，第一次單獨獲獎的藝人。

12.9 美國職棒大聯盟日籍球星大谷翔平，宣布加盟洛杉磯道奇隊，十年七億美元的合約，除了是北美運動史最大合約，也讓大谷翔平空降北美運動界平均年薪榜首。

12.12 日本民眾票選出2023年代表漢字「稅」，象徵這一年人們面臨的各種通貨膨脹、物價高漲狀況。

12-14 歐盟理事會主席米歇爾（Charles Michel）宣布將正式開放烏克蘭以及摩爾多瓦（Moldova）入會談判，至於喬治亞則是被授予候選國地位。消息一出，一直努力爭取入盟的烏克蘭總統澤倫斯基發文表示：「這是烏克蘭的勝利，全歐洲的勝利。」烏克蘭自俄烏戰爭爆發後，成為歐盟會員候選國。歐盟委員會主席馮德萊恩（Ursula von der Leyen）稱這是一項「戰略性」決議，也是歐盟歷史上值得銘記的一筆。

國際大事補充包 2023

7月

7.3 全球平均氣溫為攝氏 17.01 度，創下有紀錄以來最高溫。

7.4 上海合作組織舉辦視訊會議，伊朗正式加入，成為第九個會員國，其餘成員包含中國、哈薩克、俄羅斯等國，形成「反美陣營」。

7.12 享譽國際的捷克裔作家米蘭·昆德拉過世，享耆壽 94 歲，《生命中不能承受之輕》是他最知名的作品。

7.17 俄羅斯退出已經參與一年的《黑海穀物協議》，該協議讓烏克蘭的穀物能夠透過黑海安全出口，而俄羅斯拒絕續約，將使全球穀物價格再次升高，造成全球數億人口面臨飢餓問題。

7.18 南韓首爾一名教師在教室自殺，引爆教師對於「教權低落」抗議，全國超過十二萬間公立學校教師，也在九月初集體請假、走上街頭，除了弔念死亡教師，也對恐龍家長和學生表達憤怒，同時要求政府保障教師權益。

7.26 西非國家尼日發生政變，對美國在當地進行的反恐行動造成不確定性，未來尼日也可能會像馬利、布吉納法索等近年發生政變的國家，轉而與俄羅斯更親近，令國際社會相當憂心。

8月

8.8 美國夏威夷毛伊島爆發野火，火勢迅速蔓延，造成上百人死亡，上千人下落不明，是美國百年以來最嚴重的野火災情，也重擊以觀光業為主要收入來源的夏威夷經濟。

8.23 印度月球探測器「月球三號」，成為繼蘇聯、美國和中國之後，全世界第四個登陸月球表面、第一個登陸月球南極的國家。

8.23 俄羅斯傭兵集團瓦格納高層搭乘的班機墜毀，首領普里格津被俄羅斯官方證實死亡，墜機原因、瓦格納集團的存續都成為國際關注焦點。

8.28 法國教育部宣布，為了維持學校宗教中立的立場，禁止公立學校內穿長袍上學。

9月

9.8 北非國家摩洛哥發生史上最嚴重的地震。當地的民房以泥磚、石頭和木材等傳統建材蓋成，不耐震，導致近三千人喪生。

9.13 北韓領導人金正恩和俄羅斯總統普丁進行會面，標示著兩個受到國際孤立的國家，正準備邁向更緊密的合作。

9.19 亞塞拜然政府進入境內爭議領土納卡區，對當地亞美尼亞裔的分離主義份子展開反恐行動，造成至少兩百人喪命。納卡區分離主義者投降，並在同意解散納卡共和國（也被稱為阿爾察赫共和國）。

9.27 好萊塢編劇成功與資方達成協議，正式結束長達 148 天的歷史性罷工，並就薪資調整、增加串流版稅和 AI 使用規範達成協議。

10月

10.2 聯合國安理會授權安全部隊前往加勒比海島國海地，該國黑道猖獗，已經實質控制首都，更揚言用武力推翻總理。

10.2 連接印尼首都雅加達，和另一座大城萬隆的「雅萬高鐵」正式營運，將原本三個小時的車程縮短至不到一小時。這是東南亞的第一條高速鐵路，也是中國一帶一路的指標工程之一。不過，對當地人平均薪資來說高昂的票價，讓外界擔憂乘車率如果不如預期，將會衝擊國家財政。

10.4 國際足球總會公布 2030 年世界盃的主辦國：西班牙、葡萄牙、摩洛哥，這是第一次由跨洲國家共同主辦世界盃，2030 同時也是世界盃一百周年。

10.7 巴勒斯坦武裝組織哈瑪斯，從加薩走廊向以色列發射數千枚火箭彈，以色列軍隊接著發動空襲報復，衝突持續延燒，截至十二月初，以色列和加薩走廊已經有上萬人死亡，也是半個世紀以來該地區最嚴重的衝突。

10.27 中國前總理李克強心臟病發去世，李克強在 2013 年至 2023 年擔任中國國務院總理，是中國政壇第二號人物。

11月

11.10 冰島自十月底以來發生一連串密集地震，使得地底火山岩漿蔓延，政府宣布進入緊急狀態，下令撤離數千位居民。

11.5 美國總統拜登和中國國家領導人習近平在舊金山進行會談，期盼透過溝通，可以穩定逐漸惡化的中美關係。

11.29 影響冷戰局勢發展、在國際關係上地位相當重要的美國前國務卿季辛吉逝世，享嵩壽 100 歲。

11.30 聯合國氣候峰會第二十八次締約方會議（COP28）在阿拉伯聯合大公國杜拜登場，也正式啟動「損失與損害」基金，支援因為全球暖化而嚴重衝擊的國家。

1月

1.7 日本爆發「迴轉壽司之亂」，網路上開始流傳迴轉壽司的惡作劇影片，內容包含亂舔公用醬油瓶、偷吃壽司等，受害店家遍及各個大型連鎖迴轉壽司。

1.19 法國政府強行推出退休金制度改革，將領取退休金的年齡從 62 歲拉高到 64 歲，引發一系列抗議和罷工行動。

1.31 1970 年投入載客，被稱為「空中女王」的波音 747 客機，完成第 1574 架，也是最後一架波音 747 交付，未來將停止生產。

2月

2.1 美國領空出現來自中國的間諜氣球，引發兩國關係騷動。

2.6 土耳其連續發生強烈地震，造成將近六萬人死亡，也有超過八十萬名兒童在地震後失去家園。

2.21 美國西雅圖市議會通過投票，宣布禁止來自種姓制度的歧視，這同時也是第一個通過「禁止種姓歧視」法令的非南亞城市。

2.27 俄羅斯入侵烏克蘭滿一周年。

2.28 希臘發生嚴重火車對撞事件，造成將近六十人死亡，這場火車事故也引發民眾抗議，要求政府改善鐵路安全。

3月

3.8 世界棒球經典賽開打，古巴、日本、墨西哥與美國為本屆四強，最後由日本擊敗美國，奪得冠軍。

3.10 在中國居中協調之下，沙烏地阿拉伯和伊朗這兩個中東敵對國家，協議恢復外交關係。

3.13 馬來西亞華裔女演員楊紫瓊以《媽的多重宇宙》獲得奧斯卡最佳女主角，也成為影史上第一位亞裔奧斯卡影后。

3.17 由於在烏俄戰爭期間非法綁架烏克蘭兒童，並強制他們和家人分離，移居俄羅斯，海牙國際刑事法院對俄羅斯總統普丁和俄羅斯兒童權利專員貝洛娃發出逮捕令。

3.25 臺灣與宏都拉斯斷交，邦交國數量剩下十三個。

4月

4.4 芬蘭正式成為北約成員國。

4.9 印度政府宣布，該國自 1973 年實施「老虎計畫」以來，復育有成，野生老虎數量已增至三千多隻，是世界上野生老虎最多的國家。

4.15 蘇丹兩大軍事將領反目，爆發武力衝突，內戰已造成超過一百萬人流離失所。

4.25 玩具公司美泰兒，與美國國家唐氏症協會合作，推出第一個唐氏症芭比娃娃，藉此提升唐氏症孩子的自信。

5月

5.5 世界衛生組織宣布，新冠肺炎不再列為「國際關注的公共衛生緊急事件」，世人距離疫情正式結束又邁進了一大步。

5.6 英國國王查爾斯三世舉行加冕典禮。

5.9 第六十七屆歐洲歌唱大賽在英國開唱，由來自瑞典的羅琳奪得冠軍。

5.29 人類登上聖母峰七十周年——可證明的紀錄中，一九五三年五月二十九日，紐西蘭登山家希拉瑞和尼泊爾雪巴人丹增．諾蓋，成為第一批抵達聖母峰峰頂的人。

6月

6.9 哥倫比亞境內的亞馬遜雨林發生墜機事件，飛機上的四名孩童在雨林中成功生存四十天，順利被搜救隊尋獲。

6.14 希臘外海發生嚴重船難，有數百人罹難，其中近一百名是兒童。

6.19 歷經超過十五年的討論，聯合國通過《公海條約》，是世界上第一個保護公海的國際條約。

6.26 俄羅斯傭兵集團瓦格納叛變，佔領俄羅斯南部城市頓河畔羅斯托夫，雖然僅持續一天就宣告撤離，但仍為烏俄戰爭的結果帶來不確定的影響力。

6.27 非裔青少年奈爾在巴黎郊區被員警射殺的事件，引發法國各地動亂，抗議警察暴力。

6.28 南韓廢除傳統年齡計算法（一出生就是一歲，跨年之後再加一歲），開始採用國際方式計算年紀——這讓很多南韓人瞬間年輕了一兩歲。

7月

7.3 以色列對約旦河西岸的「哲寧難民營」發動突襲，造成十二人死亡，其中有三名兒童，使得以色列受到許多阿拉伯國家譴責。

7.4 伊朗加入「上海合作組織」，該組織成員包含中國、俄羅斯、哈薩克等九個國家，被視為「反美陣線」。

國際大事補充包 2022

7月

7.1 聯合國教科文組織將烏克蘭的羅宋湯烹調文化，列入瀕危文化遺產名錄。

7.6 南亞國家斯里蘭卡宣告破產，糧食、燃料和藥品都嚴重短缺，國內陷入動盪，而患有急性營養不良的兒童人數也不斷增加。

7.8 日本前首相安倍晉三遇刺身亡。

7.23 世界衛生組織宣布，猴痘被為「國際關注的公共衛生緊急事件」（PHEIC），臺灣在六月初曾出現首例兒童猴痘案確診，但僅為輕症，治療之後已康復。

8月

8.2 時任美國眾議院議長裴洛西訪問臺灣，是二十五年來訪臺層級最高的美國政要，而在裴洛西之後，數名美國參議員、日本國會團體及立陶宛官員陸續訪臺，代表國際社會對於臺灣的支持力量。

8.9 美國總統拜登簽署《晶片與科學法》，將投入數百億美元的資金到半導體產業。

8.30 前蘇聯領導人戈巴契夫去世，享耆壽 91 歲。戈巴契夫帶領全世界最大的共產國家步入民主政治，更結束了將近半世紀的冷戰。

8.31 聯合國人權事務高級專員巴舍萊發布《新疆人權報告》，指中國在新疆對於維吾爾人和其他穆斯林少數民族的大規模拘禁行為，可能犯下「違反人道罪」。許多證據也顯示，中國將當地少數民族的兒童與家人分隔，讓他們遠離原本的信仰和母語，希望有系統的根除他們原本的認同。

9月

9.8 英國女王伊麗莎白二世逝世，享耆壽 96 歲。

9.13《魷魚遊戲》男主角李政宰抱回「最佳劇情類影集男主角獎」，成為亞洲首位「艾美獎影帝」。

9.13 伊朗 23 歲女性艾米尼遭到逮捕，並在三天後身亡。艾米尼之死引發全國性的大規模抗議，而伊朗當局也以暴力手段鎮壓，在一系列抗爭中，許多女學生也摘下甚至焚燒頭巾，聲援頭巾革命。

10月

10.13 中國北京四通橋上出現一名抗議政府苛清零政策的民眾，他展示標語「不要核酸要吃飯，不要文革要改革。不要封城要自由，不要領袖要選票。不要謊言要尊嚴，不做奴才做公民。」但很快就遭到警方逮捕，不過，這起示威抗議也揭開了各地小規模的抗議行動。

10.16 中國召開第二十次全國代表大會（二十大），習近平預計再掌政十年，而「習派」人馬更是完全壟斷了權力核心。

10.29 南韓首都首爾龍山區的繁華商圈，舉辦萬聖節裝扮活動時，發生了嚴重的踩踏事件，超過一百五十人死亡，其中大多為年輕人和女性。

11月

11.6 聯合國氣候變化綱要公約第二十七次締約方會議（COP27）在埃及舉行，各國同意設置「損失與損害」專款，支付弱勢國家在氣候變遷影響下的損失。

11.15 聯合國宣布，世界人口突破八十億人。

11.16 美國太空總署探月任務「阿提米絲 1 號」出發，阿提米絲計畫是美國在 21 世紀第一場探月任務，將分成三階段進行。

11.24 新疆烏魯木齊發生一起十死九傷的火災，許多民眾認為這起慘劇的發生，源自於政府對於新冠肺炎疫情的封控政策——由於人員難以進出的狀況下，所以無法及時逃出和救災。這起火災也引發各地更大規模的抗議，民眾紛紛走上街頭表達對於清零政策的不滿，因為中國言論自由受到箝制，所以民眾高舉白紙表達抗議，讓這波運動也被稱為「白紙革命」。

11.30 人工智慧研究組織 OpenAI 推出人工智慧聊天機器人 ChatGPT，掀起全球熱潮。

12月

12.7 中國政府推出「新十條」的新防疫政策，放棄全世界最嚴格的疫情封控措施，走向與病毒共存。

12.13 紐西蘭國會通過法案，從 2024 年開始，2009 年以後出生的人，將終身不能買菸，目標是在 2025 年，讓紐西蘭成為無菸國度。

12.19 阿根廷在卡達世界盃足球賽擊敗法國，奪得冠軍；阿根廷傳奇球員梅西，也拿下象徵本屆世足賽最佳球員的「金球獎」。

12.31 前羅馬天主教教宗本篤十六世辭世，享耆壽 95 歲。本篤十六世是六百年來第一個生前退位的教宗，在任八年以捍衛天主教基本教義聞名。

安倍晉三擔任首相期間，一系列國際戰略舉措，包括修改憲法，推動《新安保法》，提出印太戰略，對於日本及印太地區的安全合作產生深遠影響。

二〇二二年底，德國啟用首座液化天然氣碼頭，擺脫俄羅斯斷絕供應天然氣的威脅。

英國「經濟學人資訊社」每年公布《民主指數報告》，反映各國民主狀況。臺灣是亞洲唯一進入前十名的「全面民主」國家。

伊朗庫德族女子因頭巾規定被拘留，遭毆打致死，引發「頭巾抗爭」浪潮。當局加強監控，導致示威者遭鎮壓，引起國內外批評。

二〇二四巴黎奧運聚焦精簡賽事、性別平等和年輕人需求。首創水上開幕式，引進德國「飛天車」解決交通問題，節能減碳。

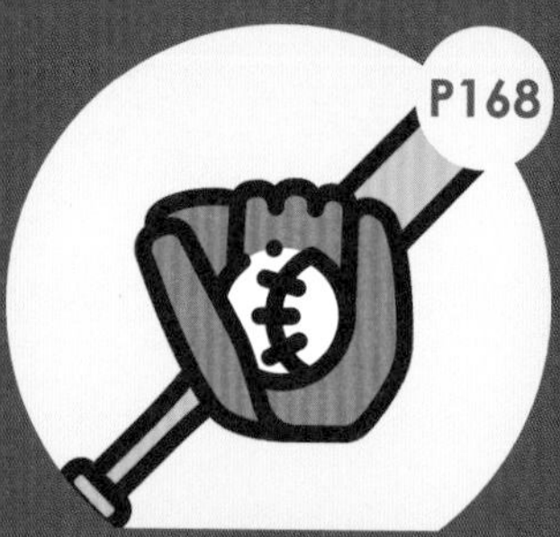

日籍棒球選手大谷翔平，以「九宮格思考法」實踐目標。二〇一八年，進入美國職棒大聯盟，以「二刀流」身手備受矚目，創下驚人的投打紀錄。

晶片危機始於美中貿易對抗，延燒至半導體產業，受到新冠肺炎疫情、俄烏戰爭影響，加劇晶片短缺情況。

俄烏戰爭改變世界格局，部分歐洲國家開始調整外交、軍事方針，逐漸擴大軍事同盟。G7 峰會則關注俄烏戰爭及臺海安全議題。

首艘國造潛艦的原型艦，二〇二三年九月二十八日在高雄下水，受到國際高度矚目，這是臺灣國防與軍事工業的重要里程碑。

五分鐘掌握天下事

TikTok 倚賴強大演算法，迅速累積十億以上用戶。美國、歐盟、英國、加拿大、澳洲等國，基於國家安全，嚴禁政府部門使用。

「阿提米絲」登月任務，共分三階段：無人飛行測試和載人飛行，建立研究月球基地，探索月球資源，打造小型太空站，為太空探險鋪路。

吐瓦魯因應全球暖化威脅，計畫以科技建立吐瓦魯元宇宙。雖然有其他國家表示支持，但在國際法方面仍有許多未知領域需要克服。

科學團隊展開復育復育長毛象、袋狼以及渡渡鳥計畫。他們關注動物保育，透過基因研究找到對抗疾病等方法，彌補人類對生態系統的破壞。

各國在聯合國環境與發展大會簽署《生物多樣性公約》，承諾二〇三〇年將有三〇%的陸地和海洋被設為保護區，稱為「30 X 30」目標。

巴西現任總統魯拉提出二〇三〇年「森林零砍伐」政策，主持亞馬遜雨林峰會，各國於會後發表《貝倫宣言》承諾保護雨林。

世界人口突破八十億，帶來了貧窮、飢餓、健康和教育等壓力。二〇二三年四月，印度人口超過中國。

科學家發現自一九五〇年代起，人類活動主導地球變化，正式進入新的地質時代——「人類世」。

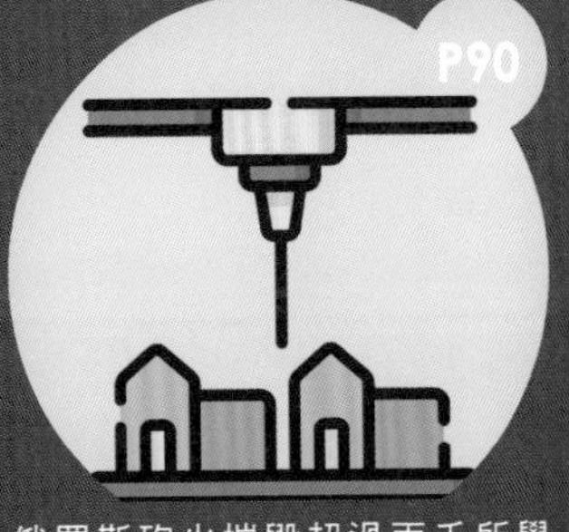

俄羅斯砲火摧毀超過兩千所學校，烏克蘭採用 3D 列印技術，建造全新小學，節省成本、時間，並減少裝潢廢料。

9 產業、創新與基礎設施

INDUSTRY, INNOVATION AND INFRASTRUCTURE
產業、創新與基礎建設

建設具防災能力的基礎設施，促進具包容性的永續產業及推動創新。

10 減少不平等

REDUCED INEQUALITIES
減少不平等

減少國家內部和國家之間的不平等。

11 永續城鄉

SUSTAINABLE CITIES AND COMMUNITIES
永續城鄉

建設包容、安全、具防災能力與永續的城市和人類住區。

12 責任消費及生產

RESPONSIBLE CONSUMPTION AND PRODUCTION
責任消費及生產

確保永續的消費和生產模式。

13 氣候行動

CLIMATE ACTION
氣候行動

採取緊急行動應對氣候變遷及其衝擊。

14 保育海洋生態

LIFE BELOW WATER
保育海洋生態

保護和永續利用海洋和海洋資源，促進永續發展。

15 保育陸域生態

LIFE ON LAND
保育陸域生態

保育和永續利用陸域生態系統，永續管理森林，防治沙漠化，防止土地劣化，遏止生物多樣性的喪失。

16 和平、正義與健全制度

RESPONSIBLE CONSUMPTION AND PRODUCTION
和平、正義與健全制度

創建和平與包容的社會以促進永續發展，提供公正司法之可及性，建立各級有效、負責與包容的機構。

17 多元夥伴關係

PARTNERSHIPS FOR THE GOALS
多元夥伴關係

加強執行手段，重振永續發展的全球夥伴關係。

SUSTAINABLE DEVELOPMENT GOALS 一覽表

聯合國 2030 永續發展目標

1 終結貧窮

NO POVERTY
終結貧窮

在全世界消除一切形式的貧困。

2 消除飢餓

ZERO HUNGER
消除飢餓

消除飢餓，實現糧食安全，改善營養狀況和促進永續農業。

3 良好健康與福祉

GOOD HEALTH AND WELL-BEING
良好健康與福祉

確保健康的生活方式，促進各年齡人群的福祉。

4 優質教育

QUALITY EDUCATION
優質教育

確保有教無類、公平及高品質教育，讓全民享有終有學習機會。

5 性別平等

GENDER EQUALITY
性別平等

實現性別平等，增強所有婦女和女童的權能。

6 潔淨水與衛生

CLEAN WATER AND SANITATION
潔淨水與衛生

為所有人提供水資源衛生及進行永續管理

7 可負擔的潔淨能源

AFFORDABLE AND CLEAN ENERGY
可負擔的潔淨能源

確保人人負擔得起、可靠和永續的現代能源。

8 合適的工作與經濟成長

DECENT WORK AND ECONOMIC GROWTH
合適的工作與經濟成

促進持久、包容和永續經增長，促進充分的生產性業和人人獲得適當工作。

少年國際選讀 VOL.1
洞觀20件國際大事×3大全球發燒議題

總策畫｜馮季眉
作　者｜少年國際事務所
閱讀素養檢測設計｜高毓屏、黃宏輝
漫畫繪者｜陸六
圖片授權｜達志影像、FREEPIK

字畝文化創意有限公司
社長兼總編輯｜馮季眉
責任編輯｜鄭倖伃
封面設計｜Bianco Tsai
內頁版型設計｜也是文創
內頁排版｜李筱琪

出版｜字畝文化／遠足文化事業股份有限公司
發行｜遠足文化事業股份有限公司（讀書共和國出版集團）
地址｜231 新北市新店區民權路 108-2 號 9 樓
電話｜(02)2218-1417
傳真｜(02)8667-1065
電子信箱｜ service@bookrep.com.tw
網址｜ www.bookrep.com.tw
郵撥帳號｜19504465 遠足文化事業股份有限公司
客服專線｜0800-221-029
法律顧問｜華洋法律事務所　蘇文生律師
印　　製｜通南彩色印刷有限公司

2024 年 03 月　初版一刷
定價｜ 480 元
ISBN｜ 978-626-7365-14-4
978-626-7365-73-1（PDF）
978-626-7365-72-4（EPUB）
書號｜ XBLN0026

國家圖書館出版品預行編目 (CIP) 資料

少年國際選讀：洞觀 20 件國際大事 x3 大全球發燒議題 / 少年國際事務所作 ; -- 初版 . -- 新北市 : 字畝文化出版：遠足文化事業股份有限公司發行 , 2024.03
面；　公分 . -- (少年國際視野)
ISBN 978-626-7365-14-4(平裝)
1.CST: 國際新聞 2.CST: 時事評論 3.CST: 世界史 4.CST: 漫畫
895.35　112014573